# Hotel Confusão: Uma Suite de Personagens e Outras Tragédias com Pequeno-Almoço Incluído

Bruno Guerra

Published by Bruno Guerra, 2024.

This is a work of fiction. Similarities to real people, places, or events are entirely coincidental.

HOTEL CONFUSÃO: UMA SUITE DE PERSONAGENS E OUTRAS TRAGÉDIAS COM PEQUENO-ALMOÇO INCLUÍDO

**First edition. October 30, 2024.**

Copyright © 2024 Bruno Guerra.

ISBN: 979-8227794611

Written by Bruno Guerra.

# Sumário

Prefácio por Eustáquio Glorâncio das Caldeiras ................. 1
Introdução ................................................................. 6
A Gloriosa Vida de Rececionista: Crónica de uma Insanidade ............................................................... 11
O Hóspede Insatisfeito: Uma Espécie em Extinção ou um Desporto Nacional? ................................................. 16
Os Influenciadores de Hotel: Acordar, Pentear, Fotografar, Repetir ................................................................... 22
A Família no Hotel: Pequenas Alegrias, Grandes Desastres e Pequeno-Almoço Caótico ...................................... 28
O Hóspede "Faz Tudo": O Atleta das Férias ................ 34
O Casal em Lua de Mel: O Amor é Lindo... e Cansativo 39
O Mochileiro – A Alma Livre e a Mochila Pesada .......... 44
O Hóspede Aristocrata – A Realeza do Cartão de Crédito ................................................................... 49
O Hóspede Desastrado: Uma Odisseia em Três Estrelas e um Tinteiro Virado ................................................. 54
O Hóspede Solitário: O Amigo de Ocasião com Complexo de Espírito Livre ...................................... 60
O Hóspede Fantasma: Uma Viagem ao Mistério do Quarto Ocupado ..................................................... 65
O Recepcionista do Hotel: Um Sorriso, Mil História e Zero Conexões ....................................................... 71
O Porteiro Detetive: O Coração Pulsante do Hotel ........ 79
A Heroína Anónima da Hotelaria ............................... 86
O Chef e o Dilema da Gastronomia Moderna ............... 93
O Ilusionista da Barra e o Misterioso Cocktail de "Vodka com Sumo de Laranja" ............................................ 100

O Grande Gerente e o Mundo Maravilhoso Onde Nada Está Sob Controle..................................................................106

O Estagiário: A Alma Ingénua e Perdidamente Determinada da Hotelaria .........................................................111

Conclusão: Check-out da Hotelaria e outras Lições de Vida Surpreendentemente Inúteis..............................................116

A todos os rececionistas que têm a paciência de um monge, aos porteiros que sabem mais segredos que o próprio serviço secreto, aos chefs que insistem em chamar "gastronomia" ao que mais parece escultura contemporânea, e, claro, aos hóspedes que nos fazem duvidar da evolução da espécie. E aos estagiários, que lutam diariamente contra as probabilidades – e os check-ins.

# Prefácio por Eustáquio Glorâncio das Caldeiras

*(Humorista, autor de "O Livro das Reclamações: Uma Obra de Ficción" e criador do conceito de "irritabilidade terapêutica")*

Caríssimo leitor,

Se estás com este livro nas mãos, ou és alguém que adora hotéis ou és alguém que, como eu, já esgotou todas as outras opções na estante. Seja qual for o motivo, espero que te tenhas preparado, pois estás prestes a adentrar o fascinante universo dos hotéis – e devo alertar-te desde já que aquilo que vais encontrar aqui é tão verídico quanto hilariante, e tão absurdo quanto o dia a dia de um check-in.

Aliás, antes de começarmos, gostaria de partilhar uma breve reflexão sobre o hotel enquanto instituição social. Vê bem: um hotel é um lugar onde pessoas de todo o mundo decidem passar férias ou pernoitar, mas onde, ironicamente, ninguém realmente quer ficar. Pensa comigo – o cliente quer apenas ser surpreendido pela falta de surpresas; deseja o luxo sem ostentação, o conforto sem compromisso, o café quente sem ter de se levantar para o preparar. E, claro, tudo isto enquanto exige que o quarto seja mais limpo do que o de sua casa. Por outras palavras, o hóspede quer viver uma espécie de vida paralela onde tudo é maravilhoso, perfeito, e executado por mãos invisíveis.

Esta obra destina-se, portanto, a essa fauna especial que habita e trabalha no mundo da hotelaria. Vais conhecer personagens que, certamente, já encontraste na tua última escapadinha de fim de semana, mas que ignoraste enquanto

## 2

fingias não ouvir o casal da mesa ao lado discutir sobre o tamanho das panquecas no pequeno-almoço. Este livro é para todos os que, num momento de ingenuidade ou loucura, acharam que se podiam sentir em casa... sem estar em casa.

E então, temos logo a primeira figura digna de nota: o rececionista. Ora, o rececionista é aquele mártir da humanidade que nos recebe com um sorriso tão polido que, por vezes, até custa acreditar que não é de cera. Este santo moderno tem o dom de sorrir sempre, quer tu lhe peças mais toalhas ou queixes que a tua varanda devia ter vista para o mar, apesar de estarmos a quilómetros da costa. É o primeiro rosto que vês, o teu guia espiritual naquela terra estranha que é o lobby do hotel. Repara bem, leitor: o rececionista nunca diz "não sei." Não, o rececionista é uma enciclopédia de mentiras piedosas e desculpas criativas. Se lhe perguntares por que motivo o ar condicionado faz barulhos, ele responde sem pestanejar: "Ah, sim, é uma característica do sistema! É um ar condicionado modelo ambiente sonoro, criado para emular os sons da natureza." E nós acreditamos, porque, em última análise, só queremos uma desculpa que nos permita dormir.

Mas a receção é apenas o primeiro capítulo desta comédia. Segue-se o hóspede insatisfeito, essa gloriosa entidade que transforma a sua estadia numa maratona de queixas. Este é aquele cliente para quem tudo, mas absolutamente tudo, é motivo de reclamação. Se o quarto não tem a temperatura ideal, é uma ofensa. Se o sumo de laranja não é natural, é quase uma violação dos direitos humanos. E se encontra um cabelo, bom, aí ele questiona logo o compromisso do hotel com a higiene pública. Esta é uma espécie em extinção? Claro que não! O hóspede insatisfeito não só sobrevive como prolifera, nutrindo-se de tudo aquilo que considera um "serviço insatisfatório." Há algo quase nobre neste ato de reclamar por reclamar, como se fosse um desporto nacional, uma tradição antiga que precisa de ser mantida viva em cada quarto e cada bufete de pequeno-almoço.

E que dizer do influenciador? Ah, o influenciador é a versão moderna e narcisista do hóspede. O influenciador não procura descanso, não quer sossego. Ele veio aqui para documentar o glamour inexistente da sua vida. O influenciador acorda, penteia-se e, antes mesmo de provar o sumo de laranja, fotografa-o com um filtro que faria inveja ao próprio Sol. E este, caro leitor, é um hóspede que não conhece limites: ele submerge a sua estadia em camadas de filtros e poses ensaiadas, convencido de que a piscina do hotel só existe para o servir de fundo. Para o influenciador, o hotel é um cenário fotográfico, onde cada canto, cada flor, cada prato, é um adereço ao serviço da sua fama digital. E nós, pobres mortais, ficamos a assistir, fascinados e ligeiramente incomodados, a esta peça de teatro que ele produz diariamente, entre a piscina e o hall de entrada.

Mas o hotel não é feito só de hóspedes. Não, o hotel é um ecossistema muito mais complexo, com funcionários que personificam um talento único para lidar com o inesperado. Temos o porteiro, que não é apenas o guardião das malas, mas o verdadeiro detetive da casa. Este indivíduo tem o dom de saber tudo sobre todos, e conhece cada segredo com a precisão de um agente secreto. Não te espantes se, ao entregar-te a mala, ele te sussurrar: "Sabias que a senhora do quarto ao lado veio cá para fugir do marido?" O porteiro é o verdadeiro coração do hotel, uma figura enigmática que vive entre as sombras do lobby e os sussurros do corredor, numa constante batalha para nos manter informados e, ao mesmo tempo, eternamente intrigados.

E por falar em sombras, não nos podemos esquecer da heroína anónima da hotelaria: a empregada de limpeza. Essa figura mitológica que consegue transformar um campo de batalha de lençóis e garrafas de água vazias num santuário de brancura e frescura. A empregada de limpeza é a mão invisível que, enquanto nós devoramos o pequeno-almoço, opera verdadeiros milagres com o aspirador e as toalhas. Mas cuidado, leitor, não a desafies. Se deixas o quarto num estado tão deplorável que rivaliza com um terreno de guerra, ela pode dar-te aquele subtil recado de desagrado – talvez uma toalha deixada em cima da cama como sinal de protesto, ou uma almofada artisticamente dobrada numa posição que sugere: "Eu sei o que andaste a fazer."

Passamos agora ao chef, uma personagem que mistura génio e excentricidade numa panela de ego. O chef não cozinha; o chef cria. Ele apresenta pratos com nomes que ninguém sabe pronunciar e ingredientes que ninguém pediu, como "bacalhau em espuma de laranja com redução de amêndoas." Para ele, cada refeição é uma obra de arte. E nós, os reles comensais, não temos outra opção senão aceitar a sua visão culinária, como se fôssemos críticos gastronómicos. E quando damos pela conta – literal e figurativamente – percebemos que poderíamos ter ido a Paris jantar com o mesmo orçamento.

E agora, a minha personagem preferida: o estagiário. Ah, o estagiário é a essência da ingenuidade e do entusiasmo. Este pobre diabo, que mal sabe onde está a casa de banho, é atirado para o frontão da hotelaria com a missão de impressionar toda a gente e de não estragar nada. Mas, claro, acaba sempre a fazer confusão. Mistura as chaves, confunde os pedidos, entrega água morna em vez de cocktails e, mesmo assim, não desiste. O estagiário é um exercício de esperança, uma tentativa contínua de agradar que, na maioria das vezes, termina em desastres hilariantes.

Por fim, temos o grande gerente, a figura máxima, o pilar do hotel. Este é o indivíduo que, de clipboard em punho, parece ter tudo sob controlo, mas que na realidade é apenas o maestro de uma orquestra desafinada. Ele corre de um lado para o outro, tentando apagar fogos que surgem do nada. Numa mão, segura a lista de tarefas, na outra, o telemóvel. E enquanto tenta resolver uma crise de Wi-Fi, alguém lhe avisa que a máquina de café entrou em greve. O gerente sorri, faz um comentário sarcástico, e segue para a próxima crise, porque no hotel não há descanso.

Este, querido leitor, é o mundo que estás prestes a explorar: um microcosmo onde cada personagem desempenha o seu papel com a precisão de um ator numa comédia absurda. Prepare-te para rir, para simpatizar, e, acima de tudo, para te reconheceres, nem que seja por um instante, em algum destes hóspedes ou funcionários. Afinal, todos nós, em algum momento, já fomos o hóspede insatisfeito, o casal cansado, ou até o estagiário perdido. E, no fundo, é isso que torna os hotéis tão fascinantes: são um reflexo exagerado, uma caricatura do próprio espetáculo que é a vida.

Eustáquio Glorâncio das Caldeiras

# Introdução

Imaginem um hotel. Não, não é um hotel qualquer; estou a falar de um hotel com mais histórias do que uma novela mexicana, mais drama do que um teatro grego, e mais personalidades do que um evento de comédia de stand-up. Um hotel é como uma caixa de Pandora, mas, em vez de tragédias mitológicas, o que sai de lá são hóspedes. Sim, hóspedes. Aqueles seres que atravessam o lobby como quem desfila numa passerelle, cada um carregando consigo um mundo particular de manias, expectativas e desilusões, prontos para serem desenrolados num tapete de percal branco e colchas duvidosas.

A vida num hotel é uma série de eventos extraordinários disfarçados de rotina. É a epítome do caos organizado, um lugar onde tudo pode correr mal, e muitas vezes corre, mas ninguém quer admitir. É um espaço sagrado, de certa forma, onde se cruzam as intenções mais nobres da hospitalidade com o espetáculo circense da vida moderna. Cada figura que por ali passa deixa uma marca, nem que seja uma nódoa de vinho ou uma reclamação por escrito num papel timbrado. Mas cada um, de forma estranhamente unificada, contribui para o mosaico de insanidade controlada que faz de um hotel aquilo que é: uma espécie de arca de Noé de hóspedes e funcionários, cada um representando uma faceta do género humano.

Comecemos, então, pela receção. Ah, a receção. A gloriosa vida de rececionista é um espetáculo diário de nervos e paciência. Quem está por trás daquele balcão vive o verdadeiro fado da hospitalidade. Imagine-se ali, a sorrir por vezes forçadamente, enquanto um senhor com um fato amarfanhado tenta explicar que o ar condicionado está a fazer um barulho que soa como "um elefante a ressonar". E o rececionista, com o seu sorriso cansado e politicamente ajustado, responde algo como: "Ah, senhor, deve ser a máquina que está só a aquecer." Porque na receção tudo tem que ter uma explicação – ainda que se saiba perfeitamente que aquele elefante vai continuar a ressonar até que o senhor do quarto 306 decida, resignado, dormir de tampões nos ouvidos.

Depois temos o hóspede insatisfeito. Esse é um espécime raro, mas potente, como uma tempestade que não avisa quando chega. Alguém que, ao longo dos anos, desenvolveu o desporto de encontrar problemas onde outros só veem um rebuçado na almofada. Não, ele não aceita que o quarto tenha vista para o parque de estacionamento em vez da praia, nem admite que a torradeira esteja a um metro de distância demais do bufete de pequeno-almoço. Este hóspede acha que o hotel existe para o servir exclusivamente, e, para ele, um grão de pó não é uma falha de limpeza; é uma ofensa pessoal.

E se o insatisfeito é difícil de agradar, há outro hóspede que não precisa de se preocupar em ser agradado: o influenciador. Esta é a criatura que passa mais tempo a arranjar-se para a foto perfeita do que propriamente a usufruir da estadia. Para o influenciador, o hotel é apenas um cenário de Instagram, um pano de fundo cuidadosamente escolhido. A sua rotina é um ciclo eterno: acordar, pentear, fotografar, repetir. Tudo o que faz é por "conteúdo", desde a escolha do cocktail mais colorido até à pose calculada em frente à piscina. E, claro, lá se vai a autenticidade pela janela, enquanto o influenciador se transforma numa espécie de holograma a posar com o pôr-do-sol.

## 8

Por outro lado, temos a família. Ah, as famílias. Pequenas alegrias, grandes desastres e um pequeno-almoço caótico. Uma família no hotel é como uma pequena colónia, com crianças que correm de um lado para o outro como miniaturas de furacões, enquanto os pais tentam, desesperadamente, manter a ordem. Acordam de madrugada, deitam-se de madrugada e, no meio disso tudo, espalham um rastro de brinquedos, chinelos e fraldas por onde quer que passem. Para a família, a estadia no hotel é um teste de sobrevivência, e para os outros hóspedes é um teste de paciência.

Depois temos o hóspede "faz-tudo", aquele que parece determinado a fazer mais exercício durante uma semana de férias do que fez no resto da sua vida. Ele corre, nada, levanta pesos, joga ténis e termina o dia a planear a próxima sessão de exercício. O hotel, para ele, é um ginásio glorificado, uma oportunidade de se tornar o atleta que, aparentemente, só surge quando há Wi-Fi gratuito e pequeno-almoço incluído.

O casal em lua de mel é outro capítulo especial. Entre juras de amor eterno e sorrisos trocados ao jantar, também partilham olhares de exaustão pura. Porque o amor é lindo, sim, mas depois de três dias a tentar convencer o outro a participar em atividades de casal, desde jantares românticos a passeios de mão dada, qualquer pessoa começa a suspeitar que o casamento tem limites. Para o casal em lua de mel, o hotel é uma extensão da sua felicidade recém-contratada, uma espécie de campo de batalha de afetos exagerados e provas de amor públicas.

Há também o mochileiro, a alma livre, que percorre o hotel com uma mochila que parece conter todos os seus pertences. Ele é o oposto do aristocrata do cartão de crédito, aquele que escolhe o quarto mais caro e nunca sai da piscina de borda infinita. O mochileiro está sempre em movimento, a fazer perguntas sobre transportes locais, enquanto o aristocrata está fixo, imóvel no seu pequeno reino de luxos, onde paga para que ninguém o incomode com perguntas.

Claro, há também o hóspede desastrado. Aquele que está sempre a virar o copo de vinho, a entornar o tinteiro na cama, a deixar cair a toalha do roupão no corredor. Para ele, a estadia é uma espécie de "Odisseia" de contratempos, uma sucessão de pequenas tragédias que transformam o quarto de hotel numa espécie de zona de guerra doméstica.

Há ainda o hóspede solitário, que aprecia o silêncio da varanda mas acaba sempre por se tornar o "amigo de ocasião" que toda a gente conhece no hotel. Ele é aquele que se apresenta a toda a gente, diz bom dia no corredor e, se for preciso, ainda organiza um jantar comunitário. É o contrário do hóspede fantasma, a tal entidade misteriosa que faz o check-in e desaparece como se fosse parte de um truque de magia.

E o pessoal do hotel? Ah, esses são uma liga à parte. O rececionista, com o seu sorriso, é a porta de entrada para o mundo do hotel, enquanto o porteiro, que conhece todos os segredos, é o verdadeiro coração pulsante. Depois há a heroína anónima da hotelaria, a mulher que, como que por magia, transforma o quarto num oásis de limpeza enquanto os hóspedes estão a tomar o pequeno-almoço. O chef é o génio da cozinha, mas também uma figura enigmática que insiste em apresentar pratos com nomes impronunciáveis e combinações que ninguém pediu.

O bartender, por sua vez, é o ilusionista da barra, capaz de transformar um simples cocktail de vodka e sumo de laranja numa experiência quase religiosa. E, claro, há o grande gerente, sempre com um clipboard e um ar de quem tem tudo sob controlo, embora nada esteja realmente sob controlo. E, por fim, o estagiário, a alma ingénua que tenta, desesperadamente, impressionar a todos, mas acaba a cometer gafes hilariantes.

Estas personagens, juntas, formam o verdadeiro teatro da vida num hotel. São um espetáculo de comédia involuntária, uma mistura de drama, romance e sátira, onde cada um tem o seu papel – e cada erro, por menor que seja, é apenas mais um detalhe numa história que todos nós, de alguma forma, partilhamos. Bem-vindos ao hotel; a estadia promete.

# A Gloriosa Vida de Rececionista: Crónica de uma Insanidade

Começa-se esta carreira, ou melhor, este acidente profissional, com a esperança de que se possa manter um vislumbre de normalidade. Afinal de contas, pensamos, é um emprego como qualquer outro. Traz um crachá, uma farda que nos tenta convencer que temos algum poder e, se formos muito ingénuos, até achamos que "é só até arranjar coisa melhor." Mas depois de um ano a virar noites, a ouvir perguntas que fariam até o Einstein chorar e a aprender o nome de todas as farmácias de emergência da cidade para socorrer hóspedes com "problemas intestinais", uma pessoa começa a compreender que a normalidade é um conceito relativo.

Ora, quando uma pessoa decide entregar-se ao ofício de rececionista, há certas coisas que não sabe. Primeiro, que vai ter a vida social menos excitante que um pacote de bolachas maria. Porque, surpresa, com os turnos a rolar mais depressa que uma trotinete de 12 euros em descida, não há tempo para sair, quanto mais para relacionamentos. Ainda para mais, quando finalmente tens um fim de semana livre, todos os teus amigos estão ocupados, porque são pessoas com "horários normais". Mas, vá, ninguém escolhe este caminho por paixão, certo? Ou será que há mesmo gente que adora esta vida? Serei só eu que estou a desmoronar lentamente, noite após noite, ao ouvir as mesmas queixas, a responder às mesmas perguntas e a ver as mesmas caras de pessoas que já deviam ter percebido como funciona uma fechadura eletrónica?

E aqui chegamos ao ponto fundamental da loucura de ser rececionista. Não é tanto o facto de queixas e problemas surgem todos os dias, isso já faz parte do pacote de tortura profissional que subscrevemos. É mais o tipo de queixas, ou a insistência em perguntas que desafiam a lógica humana. Para começar, gostava de saber onde é que foi a aula, o workshop, o módulo de ensino que dá a qualquer pessoa a autoridade para olhar para um rececionista e ver ali a solução para todos os problemas da vida. Porque há uma crença, que quase roça o folclore, de que o rececionista é uma espécie de xamã com poderes para resolver tudo – desde encontrar o comando da televisão desaparecido até fazer chover em pleno agosto.

Imaginemos o cenário. Chega um hóspede esbaforido, a suar como se tivesse corrido uma maratona (sendo que a única atividade física que fez foi carregar as malas até ao balcão) e começa com a sua reclamação num tom que poderia fazer corar um general. "Eu reservei um quarto com vista para o mar, e o que vejo da janela é uma árvore!" Ora, primeiro, temos que resistir ao impulso de dizer "parabéns, essa árvore é nossa e não a cobramos na conta." Em vez disso, vamos ter com a gerência e, como de costume, a resposta é: "Diga-lhe que vai fazer o possível."

E o que é "fazer o possível"? É esse termo mágico que nos foi passado por gerações de rececionistas anteriores, uma espécie de feitiço verbal que quer dizer "não vamos fazer nada, mas vamos tentar parecer úteis." É isso que um bom rececionista faz – aplica a filosofia do "fazer o possível" enquanto sorri, acena e, na melhor das hipóteses, consegue que o hóspede vá chatear outro. Se for um rececionista experiente, ainda se aproveita do ensejo para vender ao hóspede o maravilhoso menu do pequeno-almoço, que "tem vista para o jardim e só custa mais cinco euros".

E depois há os hóspedes que acham que podem pedir conselhos médicos na receção. Certa vez, apareceu uma senhora, com os olhos arregalados e a cara num tom pálido de quem foi acometida por uma doença exótica ou pelo desejo súbito de cancelar a viagem. Vem ter comigo e diz: "Sabe, tenho uma dor aqui no lado esquerdo... Não me pode recomendar alguma coisa?" E eu penso para mim: mas o que é que faz esta senhora achar que eu, com um diploma em turismo (e por diploma quero dizer "formação em Excel do Google"), posso diagnosticar seja o que for? E lá vai a madame com a receita para "descansar e beber água" – a prescrição mais universal do planeta.

Mas o apogeu da loucura, o verdadeiro festival de surrealismo, é a noite. Porque o turno da noite é uma coisa muito particular na receção. É como se o mundo funcionasse de outra forma depois da meia-noite. Aqueles hóspedes que pareciam seres humanos decentes às três da tarde, transformam-se numa espécie de mistura entre zombies e predadores noturnos. Se não é o caso de alguém aparecer a perguntar "onde fica a casa de banho?", numa voz que revela o terceiro gin tónico da noite, é o outro que aparece com a queixa – sempre surpreendente – de que "o ar condicionado está frio." A vontade é de responder: "Olhe, a sério? Adivinhe para que serve um ar condicionado?" Mas em vez disso, lá se recita o guião "peço imensa desculpa, vou ver o que posso fazer" enquanto mentalmente damos um nó na própria paciência para que dure mais umas horas.

Aliás, uma das grandes escolas de filosofia moderna devia ser a receção de um hotel. Porque é ali que uma pessoa começa a ponderar questões existenciais. "Para quê existir, se isto é a vida?" Ou então: "Estarei eu a ganhar karma positivo ao ouvir todas estas queixas?" E a minha preferida, a dúvida cruel de todos os rececionistas: "Quando é que foi que comecei a ouvir vozes de hóspedes a gritarem 'receção'? Será este um sintoma de loucura?" Porque há dias em que uma pessoa está no balneário a calçar as meias e parece que ouve "receção, receção" ecoar nos ouvidos. A isto chama-se Síndrome Pós-Recepção, uma patologia que afeta sobretudo aqueles que estão há mais de seis meses na função.

E se acham que estou a exagerar, vou contar-vos um episódio da minha carreira. Certa vez, entrou um hóspede com uma expressão que só posso descrever como uma mistura de espanto e indignação existencial. Aproxima-se do balcão, olha-me nos olhos e diz, com a seriedade de quem se prepara para fazer uma revelação bíblica: "A cama tem lençóis." Fez uma pausa, como se estivesse a dar-me tempo para processar a gravidade do que acabara de dizer. E eu, tentando desesperadamente adivinhar onde é que isto iria parar, apenas acenei, porque às vezes a melhor reação é um aceno neutro. E então ele prosseguiu: "Eu nunca durmo com lençóis. Não sei como é que vocês esperam que uma pessoa normal durma com esta coisa em cima."

Naquele momento, passou-me pela cabeça largar tudo, atirar o crachá ao chão e ir embora. Mas, em vez disso, limitei-me a oferecer-lhe mais uma manta, para ver se conseguíamos equilibrar a dissonância entre o nosso conceito de roupa de cama e a sua filosofia pessoal de descanso. E ele, satisfeito, foi para o quarto. E eu fiquei ali, parado, a olhar para o corredor, a pensar: como é que chegámos aqui? Será que ele acredita mesmo que o rececionista é responsável pela existência dos lençóis?

# O Hóspede Insatisfeito: Uma Espécie em Extinção ou um Desporto Nacional?

Ah, sim, ele existe. E existe em todo o seu esplendor – o hóspede que nunca está satisfeito. Sejamos claros: este espécime de cliente não é propriamente um "hóspede", é mais um teste contínuo à nossa sanidade mental. De acordo com a minha teoria pessoal, ele surge de algum submundo do turismo só para fazer frente ao rececionista. Este indivíduo olha para nós e vê ali um desafio, um obstáculo na sua busca incessante por descontentamento. Afinal, qual é a graça de ir a um hotel se não puder sair de lá com uma lista completa de queixas?

Este hóspede – chamemos-lhe *Hóspede Grunhido*, ou *HG* – tem um talento natural para a insatisfação. Ele é o Picasso do desagrado, o Aristóteles da insatisfação, o Rembrandt da irritação crónica. Não há nada, absolutamente nada, que lhe passe pelos olhos, ouvidos ou nariz que não suscite uma reclamação. É claro que, quando ele entra pela primeira vez na receção, tem um ar neutro, uma expressão cordial, até. Parece uma pessoa normal, talvez com um ar vagamente enjoado, mas normal. Porém, mal põe um pé no quarto, começa o espetáculo. Primeiro é a vista, depois o cheiro, depois as condições climatéricas. Ah, e quando finalmente chega ao checkout, esse é o momento de consagração do HG – onde desfila todas as suas mágoas e exige um desconto. Mas já lá vamos.

O HG tem uma obsessão com a ideia de "vista". E quando digo "obsessão", refiro-me a uma espécie de patologia ocular. Imaginemos que ele reservou um quarto com vista para o pátio.

Pois bem, ele entra no quarto, vai até à janela e – preparem-se – solta um suspiro. Um suspiro longo, profundo, quase filosófico, como quem pondera o sentido da vida. Esse suspiro é uma manifestação física de todo o desgosto que aquele pátio lhe proporciona. Ao HG, pouco lhe importa que o quarto tenha sido reservado com essa mesma vista. A verdade é que ele esperava secretamente uma vista panorâmica sobre o oceano. Sim, porque o HG vive de expectativas elevadas, apesar de fazer a reserva mais económica.

Aliás, para o HG, a vista é uma questão de princípio. Que tipo de hotel decente não oferece uma vista de cortar a respiração a cada hóspede, independentemente do preço que este pagou? Ele olha para o pátio e, secretamente, imagina-se a pagar o mesmo valor por uma cabana nas Maldivas com vista para o mar azul-turquesa. É o sonho do HG, uma quimera inalcançável. Mas ele nunca desiste de o procurar. E, claro, sente-se pessoalmente ofendido quando o hotel onde está hospedado ousa dar-lhe apenas aquilo pelo qual pagou.

Então, lá vai ele até à receção, com o seu ar indignado e a sua voz num tom ofendido, e diz: "Peço desculpa, mas o quarto que me deram tem vista para... isto." Ele faz uma pausa, abre a janela e aponta para o pátio, como se apontasse para uma pilha de lixo. Na verdade, o pátio é agradável, com algumas plantas e até uma ou duas cadeiras de jardim, mas isso não interessa. Para o HG, o facto de não estar a olhar para uma praia é uma afronta.

Depois da vista, a segunda maior fonte de irritação do HG é a temperatura da piscina. Sim, a temperatura. Aqui, vale a pena lembrar que estamos a falar de um hotel típico, não de um resort de luxo com piscinas climatizadas. Mas, novamente, o HG ignora estas minúcias. Para ele, uma piscina é como o café da manhã: deve estar perfeita, no ponto, a qualquer hora do dia ou da noite. E assim, lá vai ele testar a água da piscina com o dedinho mindinho, numa espécie de ritual, e pronto. Vira-se para nós com aquele ar de quem descobriu uma verdade chocante sobre a humanidade e diz: "A água está um bocado fria, não acha?"

Ora, o que quer que lhe respondamos, ele vai fazer uma careta. Dizemos que, infelizmente, a piscina não é aquecida? Careta. Dizemos que está calor e que a água só parece fria por contraste? Careta. Dizemos que pode dar umas braçadas para aquecer? Pronto, desiste da conversa e fica só a abanar a cabeça, como se fôssemos bárbaros sem respeito pela etiqueta básica de hospitalidade.

Mas o verdadeiro festival começa à noite, quando a temperatura da piscina desce mais um grau. E é então que ele se decide a chamar um funcionário para resolver o problema. Lá vamos nós explicar pela enésima vez que, não, a piscina não é aquecida e que, sim, continua a ser uma piscina, e não uma banheira gigante de hidromassagem. E então, num momento de pura candura, o HG pergunta: "Não podem ligar o aquecimento da piscina?" Como se nós, os humildes rececionistas, tivéssemos um botão mágico para alterar as leis da termodinâmica ao bel-prazer dos nossos clientes. É claro que ele não fica convencido e murmura algo sobre "serviço medíocre" antes de se retirar para o seu quarto com vista para o pátio, onde, decerto, irá passar as próximas horas a resmungar consigo mesmo.

Outro capítulo infalível na saga do HG é o Wi-Fi. Ah, o Wi-Fi, essa maravilha moderna que nos trouxe as redes sociais, o streaming e a capacidade de nos queixarmos online sobre qualquer coisa a qualquer momento. E o HG, naturalmente, espera nada menos que perfeição digital. Mesmo que tenha reservado o quarto no canto mais afastado do hotel, do lado oposto ao router principal, ele exige que o Wi-Fi funcione como se estivesse na sede da Google.

Então, quando o Wi-Fi dá uma pequena falha, lá vem o HG até à receção, de telemóvel em punho, e diz-nos, com uma expressão carregada de desespero: "Não consigo apanhar o sinal de Wi-Fi no meu quarto." Parece que lhe dissemos que a internet tinha sido abolida por decreto. Tentamos explicar que, devido à localização do quarto, a intensidade do sinal pode variar. E o HG olha para nós com aquele olhar de superioridade tecnológica, como quem diz: "Essa desculpa serve para ti, mas eu sou uma pessoa informada."

A partir daqui, o HG começa uma jornada pessoal. Anda pelos corredores, telemóvel estendido à frente, a tentar apanhar aquele bocadinho de rede que lhe permita assistir ao episódio mais recente da sua série. É um autêntico safari digital, uma odisseia moderna pela conquista da barra de sinal. E, caso não consiga, volta à receção, com uma expressão que alterna entre o ultraje e a pena por nós, os infelizes que ainda não entenderam as maravilhas do mundo digital.

Finalmente, chegamos ao momento mais sagrado da experiência de um HG: o checkout. O checkout é, para ele, o culminar de todas as suas frustrações, o palco onde pode, finalmente, descarregar toda a sua insatisfação. Ali, à nossa frente, ele faz o inventário completo das suas desventuras e, claro, pede um desconto. É praticamente um ritual de purificação, uma catarse. "Realmente, o serviço não esteve à altura das expectativas," diz ele, enquanto olha para nós como se tivéssemos cometido um crime hediondo.

A sua lógica é a seguinte: tudo o que correu mal – a vista, a piscina, o Wi-Fi – deve ser compensado financeiramente. Não importa que nada do que ele pediu estivesse incluído na reserva. O HG acredita que, se pagou, o hotel tem a obrigação moral de satisfazer cada capricho, incluindo os que ele só revelou no fim da estadia. É como se estivesse a comprar uma noite de sono, mas também uma garantia de felicidade eterna.

Ora, o que ele espera é um desconto. Não um desconto simbólico, nada disso. Ele quer algo significativo, que mostre a sua superioridade de cliente e a nossa falha enquanto seres humanos. E, caso a resposta seja negativa, temos aí o verdadeiro espetáculo. Ele incha o peito, franze o sobrolho, e começa a proferir ameaças veladas de reviews negativas. "Eu sou uma pessoa influente no TripAdvisor, sabe?" diz ele, como se o próprio CEO do TripAdvisor fosse interromper as suas férias em Bora Bora para garantir que a sua estadia foi digna.

O HG é um exemplo perfeito de como o turismo moderno nos transformou. Ele chega ao hotel como se fosse um dignitário estrangeiro e trata-nos como súbditos, mas a verdade é que ele não quer ser feliz. Quer, sim, uma desculpa para se queixar e uma audiência para o ouvir. É o seu desporto. No fundo, ser hóspede insatisfeito é a sua vocação, o seu verdadeiro talento.

Então, após anos de lidar com estas criaturas peculiares, apercebo-me de que ser rececionista é, na verdade, uma espécie de sacerdócio. Aceitamos as lamúrias do HG com a serenidade de um monge, sorrimos com a paciência de um santo e despedimo-nos com a leve esperança de que, algum dia, ele encontre o hotel perfeito – aquele com vista para o oceano, piscina a 30 graus e Wi-Fi ilimitado, no qual poderá, finalmente, não ficar satisfeito.

# Os Influenciadores de Hotel: Acordar, Pentear, Fotografar, Repetir

Ah, a fascinante fauna dos hotéis modernos, composta não só de hóspedes comuns, mas de uma espécie exótica que se multiplica e prolifera entre nós: o Influenciador. Esta criatura, armada de smartphones e com uma capacidade de concentração tal que transforma um brunch em ensaio fotográfico, é o retrato da nova geração de "viajantes". Mas, não se enganem, porque o influenciador de hotel não é um viajante. Ele é mais uma versão moderna do pavão: não se desloca para descobrir, mas para ser descoberto. Quer estar no local certo, com a luz certa, enquanto a plateia suspira pela sua "vida perfeita".

Diga-se de passagem que o influenciador está em busca de algo que transcende a experiência turística tradicional – ele não está aqui para se conectar com a cultura local, para explorar paisagens naturais ou para conhecer a história da cidade. Não, não. Ele vem, de coração e câmera na mão, com um objetivo muito mais nobre: produzir conteúdo. Porque, no seu entender, se não tirou uma foto do pequeno-almoço em que os ovos estão artisticamente empilhados ao lado de uma fatia de abacate, então, será que o pequeno-almoço aconteceu mesmo? Acredito que, se os antigos filósofos gregos pudessem ver esta evolução, diriam que passámos do "Penso, logo existo" para o "Posto, logo aconteci".

Agora, para melhor entendermos esta espécie, devemos observar o seu comportamento em estado puro: no pequeno-almoço. Porque, sim, o pequeno-almoço é o ponto alto do dia de qualquer influenciador de hotel. Se um hóspede comum encara o pequeno-almoço como uma oportunidade para comer e ganhar energias, o influenciador encara-o como o seu momento de glória – a sua Liga dos Campeões, o seu Natal, o seu festival de Cannes. E, ao contrário dos hóspedes normais, que se preocupam em meter qualquer coisa no estômago para encarar o dia, o influenciador preocupa-se primeiro com a iluminação, depois com o ângulo, e só por último com a comida (se ainda se lembrar de comer, claro).

Imaginemos a cena: o influenciador chega ao salão de pequeno-almoço, e a primeira coisa que faz é avaliar a luz natural. Porque, obviamente, não se pode fotografar uma taça de iogurte e granola sem a iluminação adequada – o iogurte precisa de parecer saído de uma produção de cinema, a brilhar ali na taça de vidro, enquanto o morango repousa de lado, como se tivesse acabado de cair ali por acidente. O influenciador mexe-se como um artista em frente a uma tela vazia, montando o cenário de forma meticulosa, escolhendo a melhor mesa para a composição e, caso esteja com um amigo cúmplice – também conhecido como "amigo pacientemente exausto" –, há então toda uma dança de gestos e indicações: "Agora, tira uma de cima... Não, agora assim, de lado... Espera, há sombras."

Mas o verdadeiro momento da encenação dá-se quando a mesa está finalmente pronta para o espetáculo. O influenciador, com aquele ar de quem acordou impecável, inclina-se, levanta o copo de sumo de laranja, sorri para a câmara com uma expressão entre o leve e o casual, como se toda esta montagem não fosse algo planeado, mas a expressão mais pura do seu estilo de vida espontâneo. Em três, quatro cliques, termina a sessão e partilha o momento na sua rede social, com uma legenda que parece saída de uma agenda de autoajuda: "A importância de começar o dia com gratidão e vitamina C ◈◈." E nós, ao longe, observamos e pensamos: "Gratidão e vitamina C?! Este está claramente a viver noutro planeta."

Para o influenciador, o dia começa e termina na aparência. A missão dele, em última análise, não é viver, é convencer os outros de que vive melhor do que todos nós. E, claro, nós sabemos que ele não acordou assim, com o cabelo arrumado e os dentes perfeitamente alinhados; sabemos que, se não fosse pelo amigo já mencionado, ele estaria sozinho a gritar "ok, câmara" para o espelho. Mas isso não interessa nada. O que interessa é o espetáculo, o momento "Instagramável", aquela faísca de inveja que ele quer provocar em todos os seguidores.

Mas o pequeno-almoço é só o aquecimento. A verdadeira maratona começa quando o influenciador decide que é hora da foto junto à piscina. Agora, deixem-me esclarecer algo: para uma pessoa normal, a piscina é um sítio para relaxar, apanhar sol, talvez dar uns mergulhos para aliviar o calor. Para o influenciador, a piscina é um cenário. Um set cinematográfico onde ele é simultaneamente ator, diretor e produtor. E aqui, os detalhes são cruciais: a toalha tem que estar dobrada na perfeição, o cabelo tem que estar estrategicamente despenteado para aquele ar "acabei de sair da água" (mesmo que não tenha entrado sequer), e, acima de tudo, tem que parecer que está a divertir-se. Mesmo que o seu rosto demonstre apenas uma profunda exaustão.

O problema é que, para quem vê de fora, este processo de tirar a foto junto à piscina é um espetáculo. Ele começa a experimentar poses – ora encostado à beira da piscina, ora com um pé dentro de água, ora sentado com um sorriso misterioso. E entre cada pose, olha para as fotos, analisa, e resmunga para o amigo: "Não está boa, está uma sombra estranha... apaga." Este ritual pode prolongar-se por trinta, quarenta minutos, até que finalmente o influenciador encontra a pose "perfeita" que, com a ajuda de alguns filtros e ângulos maquiavélicos, faz parecer que ele está a ter o momento mais relaxante da sua vida. E depois publica, com uma frase enigmática: "A paz está onde nós a procuramos." E nós, que testemunhámos o processo, pensamos: "A paz está onde nós a procuramos, mas esta claramente não a encontrou."

E, aqui entre nós, o influenciador de hotel é uma criatura cheia de contradições. Ele passa dias a filmar-se junto à piscina, mas nunca entra; arranja o cabelo para parecer natural, mas gasta uma hora a penteá-lo; e posta frases como "menos é mais", enquanto monta produções fotográficas com complexidade digna de Hollywood. É uma experiência visualmente cansativa, mas impressionante. Porque o influenciador de hotel não é nada se não alguém que domina a arte do exagero disfarçado de simplicidade.

Mas o dia de trabalho do influenciador ainda não acabou. Como qualquer fotógrafo de Instagram que se preze, ele sabe que o entardecer é uma mina de ouro. É o momento ideal para a tão famosa "golden hour", aquele intervalo mágico em que a luz do sol toma um tom quente e tudo, absolutamente tudo, parece mais bonito. E, claro, o influenciador de hotel não vai perder essa oportunidade. Ele programa o seu dia em função deste momento, para que possa estar, na hora certa, no sítio certo, com a luz certa.

Quando o sol começa a descer, lá vai ele, de telemóvel em riste e ar de quem "nem sabia que estava a ser fotografado". Finge que está num transe meditativo, que está a aproveitar o momento – mas, na realidade, está com um olho fechado e o outro ligeiramente aberto, só para se certificar de que o amigo está a captar o ângulo que favorece mais a sua silhueta. E depois, é claro, temos o post obrigatório: "A vida é feita destes momentos." E nós, espectadores do teatro digital, já sabemos que a vida dele é feita destes momentos... de pura encenação.

Mas não pensem que a história acaba aqui. O influenciador ainda tem um último ritual a cumprir: o descarregar do telemóvel. Porque, ao fim de um dia inteiro a produzir conteúdo, a bateria está exausta, assim como ele. Este é o preço da sua missão: a constante necessidade de partilhar, a obsessão pelo click perfeito, o desejo inabalável de mostrar ao mundo uma vida de sonho, enquanto vive a vida de um eterno insatisfeito.

Enquanto observo estes influenciadores na sua busca pela imagem perfeita, não posso deixar de comparar esta experiência com a dos hóspedes "normais" que vêm para descansar e, com alguma sorte, desconectar um pouco. Para um hóspede comum, o dia no hotel é uma oportunidade de relaxamento. Ele pega num livro, mete-se numa espreguiçadeira e passa horas a olhar para o nada, sem qualquer objetivo específico. Não se preocupa com o estado do cabelo, nem com o ângulo do corpo, nem com a luz da golden hour. Está ali, simplesmente a existir, sem pressão.

Por outro lado, o influenciador encara cada minuto no hotel como uma oportunidade de conteúdo. Para ele, não basta estar. Ele tem que documentar, editar e partilhar. É uma existência de fachada, onde cada sorriso é cuidadosamente calculado, onde cada prato de comida é milimetricamente ajustado para parecer delicioso, onde cada movimento é uma oportunidade para a imagem. No final do dia, pergunto-me quem está realmente a viver a experiência do hotel. O hóspede comum, que aproveitou o sol sem preocupações? Ou o influenciador, que passou o dia a tentar convencer os outros de que estava a ter um tempo incrível?

A resposta talvez esteja na expressão do influenciador ao fim do dia, enquanto se arrasta de volta ao quarto com um ar cansado e a baterias descarregadas. E nós, a assistir ao espetáculo, ficamos com a certeza de que, por mais fotos que ele publique, por mais sorrisos brilhantes que exiba, o influenciador de hotel não está a viver o sonho. Ele está a viver uma ilusão. Uma ilusão bonita, bem iluminada e com filtros encantadores, mas, ainda assim, uma ilusão. E, no fim, enquanto ele fecha a porta do quarto e se deita na cama exausto, nós voltamos ao nosso dia com um sorriso e um alívio silencioso: a sorte é que ainda não acordámos obcecados por mostrar ao mundo o quão felizes somos.

E assim termina mais um capítulo na vida dos influenciadores de hotel. Acordar, pentear, fotografar, repetir. Enquanto houver luz, Wi-Fi e uma piscina por perto, esta rotina continuará. Porque o influenciador não vive para si. Vive para a imagem que o mundo tem dele. E, na verdade, talvez isso seja a coisa mais triste de todas.

# A Família no Hotel: Pequenas Alegrias, Grandes Desastres e Pequeno-Almoço Caótico

Para quem trabalha num hotel, não há hóspede tão emblemático e temido como "A Família". A Família, com F maiúsculo, aquele núcleo constituído por pais, mães, avós e, inevitavelmente, crianças. Ao vê-los aproximar-se da receção com a certeza inabalável de que merecem um descanso bem merecido, nós, rececionistas, somos possuídos por uma reflexão profunda sobre as nossas escolhas de carreira. É que, se há um momento em que ponderamos tirar o curso de veterinária ou mudar para apicultura, é este. Mas, claro, somos profissionais, e, quando a Família chega com malas que fazem parecer que se mudaram para sempre, sorrimos e damos as boas-vindas.

O problema com a Família – e quando digo "problema", é com a ternura que se dá a uma tempestade tropical – não é o conceito de família em si. Não, o problema são as camadas de caos que a Família introduz no ambiente de um hotel. Porque, quando uma Família chega ao hotel, o local transforma-se numa espécie de parque de diversões misturado com um campo de treinos militares. Os corredores que eram calmos e tranquilos até aquele momento tornam-se pistas de corrida para as crianças, o barulho ecoa, as portas abrem e fecham como se estivessem no meio de um thriller de ação. E nós, os profissionais de hotelaria, tornamo-nos figurantes involuntários num filme de terror ao estilo "Sozinho em Casa".

Tudo começa no check-in. A Família chega em massa, um exército de malas, brinquedos e crianças descontroladas.

Enquanto os adultos fazem a inspeção criteriosa do lobby com aquele ar crítico, como quem já está a preparar a primeira reclamação, as crianças correm para os sofás e atiram-se para cima deles com uma alegria de quem acaba de descobrir uma nova utilidade para os móveis. Para os adultos, o check-in é o momento de avaliar o local. Para nós, é o momento de sobreviver ao primeiro contacto.

"Temos quartos conectados, certo?", perguntam eles com uma convicção assustadora. "Claro, temos, sim", respondemos, enquanto mentalmente calculamos se o impacto da estadia deles vai necessitar de uma reforma geral ou apenas de uma reparação ligeira. É que a Família chega com um olhar que combina otimismo e exigência, como quem já sabe que merece o melhor quarto, o maior espaço, e a estadia mais calma, embora a presença deles seja o oposto da calma.

Durante o processo de check-in, já começam as primeiras negociações. "Este quarto tem uma vista decente, certo? A última coisa que queremos é estar a olhar para o parque de estacionamento." Nós acenamos, sorrimos, e tentamos, ao mesmo tempo, distrair as crianças que descobriram que o lobby tem um cesto com folhetos turísticos. E, para os mais novos, não há nada mais divertido do que esparramar brochuras pelo chão enquanto os pais discutem vigorosamente sobre as atividades que o hotel oferece.

Quando finalmente entregamos as chaves, suspiramos de alívio, mas sabemos que esta é apenas a primeira batalha. Porque a Família, mesmo após receber o quarto e prometer que vai direto ao descanso, é a versão hóspede de uma espécie invasora: vai marcar o território e deixá-lo irreconhecível.

Os corredores de um hotel, caros leitores, foram desenhados para promover tranquilidade, com as suas luzes suaves e carpetes fofinhas. No entanto, para uma criança em férias, não há espaço mais fascinante e convidativo. Para elas, o corredor do hotel é o equivalente a uma pista de atletismo combinada com uma aventura de exploração digna de Indiana Jones. Mal os pais fecham a porta, as crianças começam a correr e a gritar pelos corredores, como se estivessem numa espécie de prova olímpica para ver quem consegue gritar mais alto e correr mais rápido.

E há algo curioso: estas crianças nunca parecem cansar-se. Pode ser de manhã cedo, à tarde, à noite ou até mesmo às três da manhã. Eles têm uma energia inesgotável, uma capacidade infinita para saltar, correr e fazer o tipo de ruído que consegue atravessar paredes de betão. Se alguém lhes disser "baixem a voz" ou "parem de correr", ouvem como se fosse o refrão de uma canção antiga e familiar – ignoram com a mestria de quem já nasceu a saber que aquelas palavras não têm verdadeiro peso.

O que é irónico é que os pais, sempre tão vigilantes durante o check-in, parecem, de repente, relaxar no quarto. O que importa é que estão em férias, e, enquanto eles encontram finalmente um pouco de paz e se estendem na cama, a paz desaparece por completo no resto do andar.

A piscina é o outro ponto alto das férias em família. Imaginem a piscina de um hotel como um santuário de tranquilidade, com os hóspedes mais velhos a ler um livro, jovens casais a apanhar sol e hóspedes solitários a meditar. Mas, assim que a Família chega, esta harmonia desaparece como um gelado ao sol.

A piscina, até então um local de repouso, transforma-se numa piscina pública num dia de verão. As crianças correm, saltam, atiram água para todo o lado, enquanto os pais observam de longe, como se assistissem a uma performance de ballet. Se alguém, num ato de loucura, decide sentar-se junto à piscina para um momento de relaxamento, é rapidamente lembrado de que a piscina é, agora, domínio exclusivo da Família.

E, aqui, o conceito de privacidade e espaço pessoal é completamente redefinido. Porque para a Família, qualquer espaço junto à piscina é território conquistado. Instalam-se com toalhas, boias, brinquedos aquáticos e, claro, um arsenal de snacks que inevitavelmente acaba por se espalhar pela área. Nos primeiros cinco minutos, ainda se tenta manter a calma e pensar que "são só crianças", mas, ao fim de meia hora de constantes salpicos, gritos e brinquedos a voar, qualquer esperança de sossego evapora-se.

Para piorar, há sempre aquele parente – quase sempre o pai ou o avô – que acha que a piscina é o local ideal para mostrar os dotes de saltador. Entre mergulhos que mais parecem tentativas de afugentar a água da piscina e aquele grito de "olha, olha agora" para que a família toda assista, a piscina transforma-se numa autêntica arena de espetáculos improvisados.

Mas nenhum local é tão caótico para a Família como o pequeno-almoço. Quando a Família chega ao salão de refeições, a cozinha sente um frio na espinha e os funcionários sabem que o que se avizinha não é um simples pequeno-almoço.

As crianças, com aquela fome voraz que só aparece em hotéis, correm para a secção de pães e cereais como se fosse o último alimento na Terra. As bandejas de comida tornam-se zonas de experimentação – provam um pouco disto, um pouco daquilo, e depois largam tudo, como um tornado em versão miniatura. Não é incomum ver uma criança a espreitar para dentro das jarras de sumo ou a tentar decidir se um croissant é mais divertido de comer ou de esfarelar pelo chão. E, enquanto isto acontece, os pais olham em volta com ar sereno, como se não soubessem que as suas crias estão a devastar o buffet.

Os avós, geralmente responsáveis por tentar manter alguma ordem, acabam rapidamente derrotados. Porque, caros leitores, uma criança com um prato na mão e sem supervisão é um desastre iminente. Derramam leite, atiram cereais para o chão, deixam manchas de compota no rosto – um verdadeiro cenário pós-batalha. Para os funcionários, servir pequeno-almoço à Família é o equivalente a tentar controlar uma horda de vikings com acesso ilimitado a waffles e sumo de laranja.

A parte mais interessante? Depois de tudo o que acontece no pequeno-almoço, os pais ainda têm a coragem de se aproximar e perguntar se o hotel "tem algum programa de atividades para crianças". E nós, rececionistas e funcionários, com um sorriso que esconde um esgotamento profundo, dizemos que sim, temos. Afinal, qualquer atividade que envolva crianças longe do salão do pequeno-almoço é música para os nossos ouvidos.

Chegamos ao momento final: o checkout. O que qualquer funcionário de hotel mais deseja nesta fase é que a Família faça as malas e parta sem grandes alardes. Mas, claro, este momento está longe de ser tranquilo.

O checkout é o momento em que a Família finalmente decide que "há coisas que precisamos de discutir". Há sempre uma reclamação para fazer – o quarto era "demasiado pequeno para nós todos" (quem diria?), a piscina estava "muito cheia" (surpresa!) e o pequeno-almoço tinha "poucas opções para crianças" (mesmo que os pequenos já tenham provado, destruído e deixado metade da comida que o hotel oferece).

A cereja no topo do bolo? O pedido de desconto. "Nós somos uma família grande, há algum desconto que possa ser feito?", perguntam, como se a destruição que deixaram para trás fosse, afinal, um serviço para o hotel.

E nós, no momento final, damos o último sorriso. Sabemos que, assim que a Família sair, o hotel terá algumas horas de calma até o próximo grupo chegar.

# O Hóspede "Faz Tudo": O Atleta das Férias

Há um tipo de hóspede, o "Faz Tudo", que transforma qualquer viagem numa espécie de Ironman turístico. Não importa se estamos a falar de uma viagem relaxante à Toscana ou de um fim de semana a ver os azulejos de Lisboa. Para ele, cada cidade é um labirinto de atrações que devem ser vencidas com determinação e estratégia, como se estivesse a preparar-se para os Jogos Olímpicos do "Fazer Tudo em Pouco Tempo".

Este espécime ergue-se às cinco da manhã. E não é como nós, que acordamos às cinco apenas para sentir aquela nostalgia do "podia estar a dormir". Não, este tipo levanta-se MESMO. Acorda às cinco para correr até ao museu que só abre às nove, porque sabe que vai ser o primeiro a entrar. Ele calcula o tempo que demora a andar desde o hotel até cada ponto turístico, qual o ângulo ideal para as fotos e, claro, que comboio apanha se a Mona Lisa o deixar mais tempo do que o previsto. Enquanto a maior parte de nós estaria apenas preocupada com o pequeno-almoço, ele já está a arranjar estratégia para bater o recorde de passos diários. Sim, há aplicações que ele usa – ele é um pro.

A primeira coisa que um "Faz Tudo" faz ao chegar a uma cidade é abrir a sua fiel lista de "imperdíveis" – um pergaminho digital onde está escrito, com letra metafórica e feroz, tudo o que se pode e deve ver num raio de 50 km. Museus, igrejas, monumentos, cafés históricos, estátuas de figuras que até os próprios habitantes esqueceram... Não há nada, absolutamente nada, que este hóspede não consiga enfiar numa lista.

Para ele, férias não são para relaxar; são para conquistar territórios turísticos, um bocado à Vasco da Gama mas com um Google Maps na mão. Ele mete-se em filas intermináveis, sobe escadas que fariam qualquer monge tibetano desistir, e ainda tem forças para, ao final do dia, escrever uma crónica detalhada sobre as suas aventuras, carregada de conselhos úteis que ninguém pediu.

Ora, mas o que seria do "Faz Tudo" sem a experiência gastronómica local? Este é aquele tipo de pessoa que chega a Marrocos e, em vez de experimentar um chá de menta ou um couscous, acha que o verdadeiro sabor local está nas iguarias que os próprios habitantes evitam. Ele vai direto para a barraca de rua onde estão a vender o que parece ser um pernil de camelo, meio cozido, meio assustador. "É autêntico!", diz ele com um entusiasmo que beira o masoquismo.

Depois, volta para o hotel com um misto de orgulho e náusea, e a todos que o queiram ouvir (ou não), descreve em pormenor a textura daquele prato exótico. É o tipo de coisa que deixa o pobre do rececionista enjoado só de ouvir. No final, entre um golo de água (que por esta altura é mais necessária do que nunca), conta como a experiência foi intensa, "mas valeu a pena". Com um pouco de sorte, passou a noite com o estômago a fazer maratonas, mas com um sentimento de dever cumprido.

Ah, e as histórias de quase perder o comboio. Para o "Faz Tudo", não há viagem que não inclua pelo menos um episódio onde, com uma precisão digna de um filme de ação, quase perdeu um transporte. Aliás, segundo ele, é fundamental viver estes momentos de adrenalina – afinal, que sentido tem viajar se não incluir uma corrida de última hora para a gare, com o bilhete na mão, o mapa da cidade no bolso e um pacote de bolachas de origem duvidosa no estômago? Ele prepara-se para cada viagem com o foco de um atleta, mas sem saber que o verdadeiro desafio é a própria cidade a tentar libertar-se da sua presença. Porque este hóspede faz sempre questão de sair de cada local com uma história épica que começa sempre com "E quase que fiquei lá, mas consegui!" e termina com "Foi a experiência da minha vida!".

O melhor disto é que, para ele, o perigo é uma constante calculada. Ele não arrisca a vida de forma irresponsável. Não, ele calcula as probabilidades e enfrenta o desconhecido com um sorriso arrogante e uma mochila cheia de gadgets. Sabe que tem uma margem de dois minutos para conseguir apanhar o comboio, e até o ar condicionado da estação parece soprar a seu favor. Ele já leu os horários todos, conhece as alternativas, e tem uma app pronta para qualquer emergência. Mas mesmo assim, sempre que conta a história, aumenta a dramaticidade. No relato final, ele é o Indiana Jones do turismo urbano, sempre a lutar contra o tempo e os obstáculos, mas triunfante no final.

Na última noite da estadia, enquanto outros hóspedes estão a relaxar, talvez a saborear um copo de vinho ou a lembrar-se de que férias também é para dormir, o "Faz Tudo" está a preparar o próximo destino. As suas férias são um contínuo processo de sobrevivência – e por sobrevivência, entenda-se "aguentar sem dormir". Para ele, dormir é uma atividade secundária; é o tempo desperdiçado em que poderia estar a admirar uma fachada medieval ou a fotografar um prato que nunca mais vai querer comer.

É na última noite que ele, ainda exausto, liga o portátil e abre novas abas com todos os artigos sobre o próximo destino. Lá está ele, a encontrar listas de "10 Coisas a Fazer" e a adicionar notas pessoais. Lemos um "este parece fácil de fazer em 20 minutos" ao lado de uma atração que os habitantes locais consideram um passeio de duas horas. Dormir é uma questão de falta de prioridade. Ele está a preparar a próxima aventura e, na sua cabeça, já imagina a história que vai contar sobre a última corrida para o aeroporto e o quão perto esteve de perder o voo.

É curioso que o "Faz Tudo" passe por uma cidade e, em dois dias, saiba mais sobre ela do que muitos dos seus habitantes. Porque a verdade é esta: o "Faz Tudo" acha que ele é um explorador, uma espécie de Marco Polo dos dias modernos, e que todos os pormenores são uma conquista. Se ele passar por Paris, sabe quantas pontes cruzou, quantos croissants comeu e até quantos passos deu entre o Louvre e a Torre Eiffel. Cada detalhe é arquivado na sua mente como uma medalha de honra.

Porém, o habitante, aquele que mora há anos no mesmo lugar, vive a cidade de uma forma diferente. Ele aprecia as esquinas como quem saboreia um café. Vai ao mercado sem fazer uma "checklist" do que ver e o que sentir, e passa pela praça principal a caminho do trabalho sem tirar mais uma selfie. Porque viver a cidade não é o mesmo que conquistá-la. O habitante e o "Faz Tudo" coexistem, mas não falam a mesma língua.

No fim, este hóspede não é de todo uma má pessoa, nem um exemplo de loucura. Ele é, apenas, uma vítima do seu próprio entusiasmo. Ele quer viver a cidade ao máximo e não compreende que a verdadeira experiência é, às vezes, uma questão de desacelerar. Talvez, um dia, aprenda que é impossível "ver tudo", porque ver não é só ver, é também absorver, sentir e, às vezes, deixar de lado.

Mas até lá, o "Faz Tudo" continuará a correr. E no final da viagem, enquanto está na fila do check-out, vai olhar para os outros hóspedes – aqueles que estão calmamente a apreciar o último momento do pequeno-almoço – com uma mistura de espanto e superioridade. Na sua cabeça, ele venceu, viu tudo o que era importante e agora é hora de partir para o próximo destino, onde haverá mais listas, mais transportes para quase perder e mais pratos exóticos para experimentar.

E no fundo, talvez o mundo precise de "Faz Tudo" como ele. Afinal, alguém tem de manter os guias turísticos e as listas de "10 Coisas a Não Perder" em funcionamento. Se não fosse ele, quem é que iria?

# O Casal em Lua de Mel: O Amor é Lindo... e Cansativo

Se há uma categoria de hóspedes que se avista a quilómetros de distância, é o casal em lua de mel. Este tipo de casal é inconfundível. A entrada no lobby do hotel não é apenas uma chegada; é uma manifestação pública de amor eterno. Ele segura-lhe a mão como se temesse que um terramoto os separasse, ela inclina-se para ele como quem jura que o amor verdadeiro pode levitar uma pessoa e, juntos, avançam numa nuvem cor-de-rosa de suspiros e promessas de amor eterno. A atmosfera de romance é, para o hotel, como o cheiro de um perfume floral – é muito bonito ao princípio, mas ao fim de um tempo começa a ser enjoativo.

O casal em lua de mel chega ao hotel com a energia de quem acabou de ganhar o Euromilhões. Afinal, depois de meses de stress e de decisões muito complexas (ver qual cor de guardanapos combina com os centros de mesa e se o arroz é orgânico ou não), chegou finalmente o momento de celebrarem o "para sempre" – ou pelo menos, uma semana de "para sempre". E essa felicidade tem que transbordar, claro. Começa com um sorriso cúmplice entre ambos, os olhos brilhantes e um tom de voz baixinho, como se cada palavra trocada fosse uma joia preciosa. Estão tão felizes que até estranham os rececionistas e empregados do hotel, esses seres simples que não se olham com a mesma intensidade nem trocam promessas eternas enquanto entregam chaves.

A primeira grande decisão é o pedido especial. Porque, claro, uma lua de mel exige algo de especial: champanhe no quarto, pétalas de rosa espalhadas na cama ou, se possível, uma decoração que faça com que qualquer suite pareça o quarto de Romeu e Julieta. Não interessa o trabalho que dá aos empregados do hotel para remover aquelas pétalas de rosa das almofadas (algumas pétalas até parecem ter decidido residir lá para sempre). E o champanhe? Bem, quando não o bebem logo na primeira noite, deixam-no no balde a gelo, como um troféu que não foi preciso conquistar. Afinal, não são como nós, simples mortais que ficariam a beber o champanhe no segundo em que entrassem no quarto. Eles, como almas elevadas e etéreas, gostam de saber que o champanhe está lá, como um símbolo da sua superioridade romântica.

Ah, e depois vêm as redes sociais. Eles não querem só viver o momento; querem mostrar ao mundo que estão a viver o momento. Este casal, meu caro leitor, não é apenas um casal em lua de mel – é uma dupla de realizadores de conteúdo romântico. Cada beijo ao nascer do sol é uma obra de arte digital, cada taça de champanhe erguida é uma declaração de amor que deve ser apreciada não apenas por eles, mas por todos os 1.348 seguidores e amigos do Facebook, Instagram, e quem sabe até Twitter. Não querem apenas ver o pôr do sol. Querem congelar o pôr do sol numa foto perfeita onde se veem de perfil, com a luz dourada a pintar-lhes os rostos e as legendas a dizer "Só tu e eu, para sempre".

Mas como todos sabemos, a perfeição é um bicho manhoso. Cada fotografia exige vinte tentativas e um bom par de ajustes: ele inclina a cabeça, ela ri-se mas sem mostrar demasiado as gengivas, e o empregado que passava e foi apanhado acidentalmente no canto da foto tem que recuar três metros para que a imagem fique digna de uma capa de revista. E quando tudo parece perfeito, ele solta um "Pera aí, amor, mais uma, para termos a certeza". Ela assente, porque não há limites para o número de registos de amor verdadeiro. E quando finalmente a foto fica "espontânea" o suficiente, lá vai para as redes sociais, onde a hashtag "#ForeverUs" acompanha um emoji de coração, uma frase profunda e uma localização obrigatória para que todos saibam que, sim, eles estão ali, naquele resort que toda a gente inveja.

Agora, meus amigos, imaginem a paciência que este casal exige da equipa de hotelaria. Porque a lua de mel não se faz só de champanhe e selfies ao pôr do sol. A lua de mel exige serviço. Porque, claro, um casal em lua de mel merece uma atenção especial. Pedem almofadas extra, porque afinal duas não bastam para criar o ninho de amor que merecem. Precisam que o serviço de quartos seja perfeito – o pequeno-almoço no quarto, servido na varanda e com a disposição dos croissants a desenhar um coração subtil, mas não demasiado óbvio. Se não houver morangos frescos? Regressam à receção com uma expressão de leve consternação e um "Peço desculpa, mas...", como se o facto de faltar morangos na sua bandeja fosse um crime hediondo.

A equipa do hotel, essa gente valente, sorri sempre com um ar resignado, porque já viu de tudo e porque sabe que é o que o casal espera. Estão ali para criar o momento perfeito. E nem vale a pena tentar explicar que as pétalas de rosa não vão ficar nos lençóis como nas fotografias dos folhetos. No fundo, é uma espécie de serviço público – ou de assistência emocional – que se presta a cada casal em lua de mel, porque o amor precisa de um suporte logístico que a maioria de nós desconhece.

Engraçado é perceber que este casal não é apenas um desafio para o staff do hotel. Não, ele é uma presença tão marcante que até os outros hóspedes começam a notá-lo. Os hóspedes que vieram para descansar observam este casal com uma curiosidade misturada com exasperação. Porque a felicidade é bonita, mas também cansa, especialmente quando é gritada aos quatro ventos. Não há nada mais perturbador do que uma pessoa sozinha, num hotel romântico, a ter de ouvir "amo-te" repetido doze vezes ao jantar, quando o que mais queria era ouvir o silêncio. Aliás, os hóspedes mais cínicos – provavelmente aqueles que já estão casados há mais de cinco anos – olham para o casal apaixonado e pensam: "Dêem-lhes tempo".

E, se há crianças no hotel, é garantido que o casal em lua de mel vai ter sempre um bocadinho de inveja. Não por não quererem crianças – é só porque, naquele momento, nada pode interferir com a sua bolha romântica. E qualquer interrupção – especialmente uma criança a gritar junto à piscina – é como uma pedrada no lago tranquilo que eles achavam que ia durar para sempre.

Chega o último dia, e com ele uma despedida digna de um filme. Este casal não se vai embora como todos os outros; não. Cada momento é documentado, cada minuto vivido com a nostalgia antecipada de quem já sente saudades. Cada detalhe da suite é analisado, e a cada porta fechada eles trocam aquele olhar que parece dizer "Voltaremos um dia", embora o orçamento e a realidade sugiram que o mais certo é voltarem apenas daqui a 30 anos, com a família a reboque e uma paciência muito mais limitada para pétalas de rosa e champanhe.

Ao fazer o check-out, ainda lançam um último olhar para o lobby e, inevitavelmente, para o jovem casal que acaba de chegar. Sabem, no fundo, que agora vão embora, mas que o ciclo do amor, e das luas de mel, continua. E o hotel, com os seus lençóis brancos e champanhe morno, estará sempre ali, pronto para o próximo casal que quer conquistar o amor eterno num período de cinco a sete dias, com direito a pequeno-almoço incluído.

E assim se faz o turismo: de grandes amores e pequenos sacrifícios, de clientes cansados e de empregados heroicos, todos juntos num ballet moderno onde o amor é lindo, sim senhor, mas é muito mais bonito quando é vivenciado com uma certa distância – de preferência, a um quarto de distância, com isolamento acústico.

# O Mochileiro – A Alma Livre e a Mochila Pesada

Ah, o "mochileiro". Aquela figura mítica que, como as lendas urbanas, aparece inesperadamente e sempre com uma aura de "não estou a planear nada, mas tudo acontece". Este é o tipo de hóspede que podemos encontrar, geralmente, nos albergues mais baratos e, se não houver um albergue por perto, qualquer lugar que inclua um colchão e um teto serve – até um sofá emprestado. Em tempos de promoção, é capaz até de se aventurar num hotel. E é nesses raros momentos de "luxo" que nos surge, de mochila às costas, com uma coleção de pulseiras de cada canto do mundo e um ar de quem já viu mais do que nós alguma vez veremos. Para o "mochileiro", o quarto é só um ponto de paragem. A vida dele não se vive entre quatro paredes; vive-se no caos das ruas, no transporte público, e nas inesperadas amizades com desconhecidos que ele conhece e nós evitamos.

Comecemos pela mochila. Este não é um mero acessório; é praticamente uma extensão do próprio "mochileiro". A mochila é grande, daquelas que têm espaço para tudo, menos para conforto. Ela vai acima das omoplatas, e a cada passo parece mais uma provação espiritual do que uma ajuda prática. A mochila parece pesar tanto quanto um armário, mas o "mochileiro" carrega-a como se fosse uma leve pena, um símbolo de resistência e estoicismo que ele conquistou ao longo de centenas de aventuras.

Mas a mochila não é apenas grande e desgastada; ela também carrega marcas de guerra. Tem autocolantes de cidades exóticas, pequenas recordações penduradas, às vezes uma bandeira enrolada no canto ou até uma chapa militar que diz "sem destino". E não estamos a falar das pulseiras, pois essas são uma categoria à parte. Cada pulseira no pulso deste hóspede representa um país, uma cidade ou um festival onde, inevitavelmente, ele aprendeu uma lição de vida. É como se o mundo lhe tivesse tatuado os pulsos, um souvenir de cada ponto cardeal.

O "mochileiro" é movido por uma filosofia: o "vivo o momento". Esta frase, para ele, não é uma moda – é uma vocação. Onde outros viajantes planeiam e pesquisam, o "mochileiro" deixa-se guiar pelo improviso. Ele acorda sem saber onde vai dormir à noite, mas isso não o perturba. Porque, segundo ele, é no inesperado que estão as melhores histórias. Diz isto com um tom solene, como se tivesse recebido a verdade universal numa meditação profunda no Nepal, quando, na verdade, só perdeu o autocarro e não quer admitir que se atrapalhou.

Ele é, aliás, um mestre em descobrir descontos. Se houver uma possibilidade, por mais improvável, de conseguir uma cama por menos dinheiro, ele vai explorá-la. Aliás, já que o "mochileiro" é do tipo que considera o conforto uma ideia sobrevalorizada, muitas vezes propõe ao rececionista um acordo: em troca de uns trocos a menos, está disposto a ajudar na limpeza, no pequeno-almoço, ou até a carregar outras mochilas. Para ele, é uma oportunidade de "mergulhar na cultura local". Para o hotel, é uma oportunidade de poupar no staff.

Este tipo de hóspede destaca-se no meio dos outros turistas como uma nota fora de tom numa sinfonia convencional. A maioria das pessoas viaja para ver monumentos e tirar fotografias organizadas; ele viaja para acumular histórias. Ele não quer ver as atrações turísticas tradicionais; ele quer ser empurrado num autocarro lotado, comer qualquer coisa bizarra numa banca de rua e, de preferência, conhecer alguém que o acolha em casa por uma noite, com uma explicação vaga de que "tudo é experiência".

Entre um grupo de turistas normais, o "mochileiro" é o tipo que tem sempre uma aventura para contar. Enquanto uns falam da fila para ver a Mona Lisa, ele fala de como apanhou boleia num camião de fruta nos confins da América Latina. Onde outros referem o bom vinho da Toscana, ele conta como se embebedou com uma bebida caseira de nome impronunciável em pleno mercado de rua na Ásia. Para ele, a viagem só é autêntica quando envolve algum risco, algum desconforto e, idealmente, um desconhecido simpático com uma história de vida digna de filme.E, claro, há sempre aquela história romântica fugaz. O "mochileiro" é especialista nos amores de curta duração, e tem sempre um ou dois casos para relatar. Ele conta-nos sobre a misteriosa rapariga argentina com quem dançou à luz das estrelas, ou o rapaz australiano que lhe ofereceu um cacho de bananas como sinal de afeto em plena plantação. Cada amor é vivido intensamente, mas termina na manhã seguinte com uma despedida dramática e a promessa de um reencontro que nunca acontecerá.

Para o "mochileiro", estar num hotel é quase uma contradição. Ele gosta de ser um "espírito livre", mas a verdade é que as noites passadas ao relento ou nas camas barulhentas dos albergues acabam por cobrar o seu preço. Então, quando encontra uma boa promoção, lá se rende ao conforto do hotel.

Mas claro, isto não significa que vá aderir às normas sociais habituais. Ele vê o hotel como uma paragem breve e é como se estivesse a fazer uma concessão ao sistema – ou, mais precisamente, à sua coluna vertebral.

No quarto, ele não desfaz a mala; afinal, pode ter de partir a qualquer momento se aparecer uma oportunidade melhor. A mochila fica no chão, de lado, como um símbolo de que ele está pronto para a aventura a qualquer segundo. O "mochileiro" não toca nos folhetos turísticos cuidadosamente dispostos na mesa, porque os acha aborrecidos e demasiado planeados. Prefere a sugestão do senhor que vende castanhas na esquina do hotel ou do taxista que lhe contou sobre um restaurante escondido.

Mas a sua maior relutância é com a cama. Não importa o conforto, o colchão de molas ou os lençóis frescos. Ele olha para a cama como quem vê uma armadilha – afinal, para ele, dormir num local confortável demais é perder a essência do espírito aventureiro. Ele acredita que o sono verdadeiro só se conquista após horas de caminhada e numa superfície menos acolhedora, como o banco de um comboio ou uma barraca improvisada. A cama do hotel é, na sua visão, uma espécie de luxo dispensável.

É fácil, para o "mochileiro", acreditar que está a viver o verdadeiro "viajar", enquanto os outros turistas se limitam a "visitar". Mas o que ele não percebe, ou prefere ignorar, é que este estilo de vida é também uma construção. A mochila carregada de pulseiras e bandeiras, as histórias de amor e aventura, a atitude de "vivo o momento" – tudo isso faz parte de um personagem. O "mochileiro" é, afinal, uma versão moderna do explorador romântico, e a mochila que carrega não é apenas um objeto; é uma espécie de fardo simbólico que ele exibe com orgulho.

No entanto, a vida de mochileiro não é sempre fácil, e há momentos em que o glamour desaparece. Ele não fala sobre o peso das bolhas nos pés ou as noites mal dormidas em camas duvidosas, nem menciona as desilusões quando o "autêntico" se revela apenas "um bocado desconfortável". E quando, finalmente, se senta na cama do hotel, mesmo que por um breve momento, ele admite, a contragosto, que é bom ter um teto, uma água quente e uma noite de sono decente.

Mas no dia seguinte, lá vai ele novamente, pronto para a estrada, de mochila às costas e ar despreocupado. Porque, para o "mochileiro", a aventura nunca acaba. E o hotel, para ele, é apenas uma pausa breve no grande filme da sua vida, onde ele é o herói que, mesmo com uma coluna massacrada e uns trocos no bolso, acredita que o mundo é seu – desde que continue a "viver o momento" e a carregar a sua fiel mochila para onde quer que o destino o leve.

# O Hóspede Aristocrata – A Realeza do Cartão de Crédito

Há hóspedes que se destacam não pelo que trazem, mas pelo que deixam – especificamente, um rasto de superioridade perfumada a euros e a champanhe. Este é o "Hóspede Aristocrata", uma espécie de realeza auto-proclamada que, ao contrário das velhas linhagens de sangue azul, não herdou castelos nem ducados, mas sim um cartão de crédito com um plafond generoso e um ego que, aparentemente, também não tem limite. Este senhor (ou senhora, para sermos inclusivos na nobreza do snobismo) chega ao hotel como quem chega a Versalhes. Ou seja, espera que o staff reconheça, de imediato e sem margem para dúvidas, que a sua presença não é comum. É como se o mundo fosse uma peça de teatro em que ele protagoniza o papel principal e o resto de nós... bem, o resto de nós é o elenco de fundo.

Primeiro, a entrada. O "Hóspede Aristocrata" não entra simplesmente no lobby; ele ocupa-o. Mal atravessa as portas, pára por uns segundos, faz uma pausa dramática, talvez para que o staff e os demais hóspedes possam absorver a magnitude da sua presença. Ele acha que merece um momento de apreciação, como se estivesse a desfilar numa passadeira vermelha imaginária. E quem é que não aprecia a pessoa que entra no hotel a olhar para os outros como se todos estivessem a infringir alguma lei por estarem no mesmo espaço que ele? Afinal, este hóspede não veio aqui para se misturar com a "ralé", mas sim para se destacar. E, se for necessário, vai destacar-se à força de requisições e exigências.

A seguir vem o check-in, que para o Hóspede Aristocrata não é um mero processo administrativo. Não, para ele, o check-in é uma entrevista rigorosa. Ele olha para o rececionista com o ar de quem analisa uma candidatura a mordomo pessoal. Verifica se o funcionário o trata com a reverência que ele julga merecer, porque, sejamos francos, uma atitude ligeiramente descontraída é interpretada, de imediato, como um ato de traição contra o seu estatuto.

Claro que, para ele, o check-in é uma oportunidade de mostrar ao staff que ele pertence a uma classe superior, talvez até ao panteão de Deuses do Turismo de Luxo. E não se poupa a perguntas capciosas que, na verdade, são afirmações disfarçadas. "Imagino que os vossos lençóis sejam de algodão egípcio, correto?" Ou então, "Espero que o meu quarto esteja devidamente insonorizado... não suporto ruídos desnecessários". E para concluir o processo com chave de ouro, nada melhor do que um ligeiro toque de ameaça – um "A última vez que estive num hotel deste grupo, a experiência foi irrepreensível... não gostaria de ter de me desiludir desta vez".

O Aristocrata não é apenas um hóspede que gosta de luxo; ele acredita que o luxo lhe é devido. Pagou por um quarto? Então quer todos os serviços que conseguir esticar para além do pacote, quer eles estejam incluídos ou não. A sua filosofia é simples: o preço da estadia cobre não só o quarto, mas também uma lista infinita de privilégios e regalias. Quer champanhe à chegada, quer um guia turístico pessoal, quer massagem às seis da manhã e, se possível, uma carta de boas-vindas assinada pelo gerente – e, já agora, que o gerente esteja disponível para um briefing diário sobre como a sua experiência no hotel pode ser ainda mais melhorada.

O "Hóspede Aristocrata" adora a palavra "personalizado". Tudo o que não seja feito à medida e exclusivamente para ele é uma ofensa, uma ameaça ao seu bem-estar e uma afronta à sua posição. Quando vê um hóspede comum – um hóspede que não exija uma temperatura exata de 12 graus para o champanhe, por exemplo – sente um arrepio de desgosto. Porque ele não se deslocou até ali para partilhar nada com os outros; deslocou-se para ser venerado, num ambiente cuidadosamente isolado da vulgaridade do mundo exterior.

O champanhe, ah, o champanhe. Para este tipo de hóspede, o champanhe não é apenas uma bebida. É um teste de qualidade do hotel. Ele não quer propriamente beber champanhe, mas precisa de saber que ele está ali, a uma temperatura exata e com uma marca de luxo estampada na garrafa. Se o champanhe estiver a 10 graus quando deveria estar a 8? "Onde está o gerente, por favor?". Porque o "Hóspede Aristocrata" não resolve este tipo de questões com o mero empregado que o serviu – para estas situações, é necessário alguém de posição superior. Afinal, se o champanhe está ligeiramente mais quente, então provavelmente o hotel inteiro precisa de uma reorganização urgente.

E não é só o champanhe. Ele exige almofadas extra porque uma só almofada é uma afronta à sua realeza de colchão, exige que o ar condicionado esteja ajustado a um grau preciso, e o Wi-Fi, se não for da mais alta velocidade, é um escândalo digno de uma reclamação formal. O Aristocrata acredita que a sua presença num hotel é uma oportunidade rara para o estabelecimento se redimir de todos os erros que já possa ter cometido com outros hóspedes menos importantes.

O verdadeiro problema do Hóspede Aristocrata é a existência dos outros hóspedes, esses seres inconvenientes que insistem em estar presentes. A simples ideia de partilhar o espaço com a "ralé" é algo que o perturba profundamente. Ele quer usufruir da piscina, sim, mas prefere uma piscina privada, longe de crianças a chapinhar e de famílias em férias barulhentas. E se tiver de usar a mesma piscina dos outros? Que pelo menos ninguém se aproxime.

Na zona de pequeno-almoço, a sua paciência é igualmente limitada. Ele quer que o croissant venha acabado de sair do forno, o sumo de laranja espremido na hora e, se possível, uma mesa reservada longe das aglomerações. Verifica o prato e comenta, com um suspiro de resignação, que "o serviço de bufete é uma experiência que o hotel não devia oferecer" – na sua mente, ele já está a imaginar uma carta de queixas.

O Hóspede Aristocrata prefere ignorar o facto de que não é o único cliente do hotel. Para ele, os outros hóspedes são meros figurantes na sua vida de luxo, sombras que existem no plano de fundo da sua estadia. Se pudesse, instituiria uma regra que obrigasse todos a sair do caminho quando ele passa e, quem sabe, a fazer-lhe uma vénia subtil em sinal de respeito.

No momento de deixar o hotel, o Hóspede Aristocrata não se limita a fazer o check-out; ele oferece uma avaliação, uma espécie de julgamento final. Ele enumera, com precisão cirúrgica, todos os detalhes que, na sua opinião, poderiam ter sido melhorados, embora dificilmente se possa encontrar um estabelecimento à altura dos seus padrões. Na sua mente, a experiência foi, naturalmente, insuficiente. Algum membro do staff não sorriu suficientemente ao saudá-lo? Uma almofada estava desalinhada na cama? A toalha de rosto não era tão macia quanto ele esperava? Qualquer detalhe, por mais pequeno que seja, é motivo para um reparo.

O que ele não sabe – e talvez nunca venha a descobrir – é que, enquanto partilha as suas críticas com o staff, este último observa-o com o mesmo olhar que se lança a um vizinho irritante que finalmente se muda para longe. Porque a verdade é que o Hóspede Aristocrata, com todo o seu glamour e a sua sede de privilégios, é menos uma inspiração e mais uma complicação.

Assim, ele sai pela porta, com a postura altiva de quem acredita que o hotel nunca mais será o mesmo sem ele. Talvez nem seja, mas não pela razão que ele imagina. O staff respira de alívio, os outros hóspedes retomam as suas conversas sem olhares de julgamento e, finalmente, o hotel recupera a paz. Até à próxima visita de Sua Majestade – porque o Hóspede Aristocrata acredita que, quando sai, todos ficam a contar os dias até ele voltar.

E talvez estejam a contar, mas por razões que ele nunca compreenderá. Afinal, este tipo de hóspede é como uma tempestade breve: chega, faz barulho, e quando se vai embora, o mundo parece um lugar melhor, mais tranquilo e, sem dúvida, mais simples.

# O Hóspede Desastrado: Uma Odisseia em Três Estrelas e um Tinteiro Virado

Ah, o Hóspede Desastrado, uma lenda viva nos corredores de qualquer hotel que tenha tido a infelicidade de o receber. Este espécime fascinante tem um talento raro: consegue fazer o que seria um ato simples – pernoitar num hotel – transformar-se numa epopeia digna de Homero, mas com mais toalhas derramadas e menos deuses gregos a observar do Olimpo. O Hóspede Desastrado é aquele para quem a palavra "catástrofe" é uma descrição gentil do que deixa para trás. A sua estadia não é uma experiência pacífica; é um "trabalho em progresso", cheio de momentos de angústia e pequenos desastres, que começam na receção e só terminam quando, com um suspiro de alívio, ele finalmente faz check-out.

O primeiro contacto do Hóspede Desastrado com o hotel começa logo na receção, e, na maioria das vezes, começa mal. Se o rececionista tiver sorte, o pior que pode acontecer é um pedido embaraçado porque "acho que deixei o meu cartão do quarto no elevador... ou talvez no táxi? Ou, espera, eu tinha um cartão do quarto?" Já o rececionista suspira, consciente de que a noite vai ser longa, e providencia um novo cartão com a simpatia mecânica de quem já sabe o que esperar.

Mas claro, o desastre não se limita ao cartão. É uma questão de tempo até o Desastrado trancar-se fora do quarto. E não estamos a falar de um pequeno deslize. Estamos a falar de uma média de três trancamentos por noite, com variações consoante o nível de distração do hóspede e o grau de sofisticação da chave eletrónica. Para este tipo de hóspede, abrir a porta do quarto é um puzzle, uma espécie de enigma medieval onde o simples deslizar de um cartão se torna uma jornada entre o "simples" e o "possível" que, no seu caso, se estende até ao impossível.

Chegamos ao momento mais aguardado da manhã: o pequeno-almoço. Um ritual de início de dia para alguns; para o Hóspede Desastrado, é um campo de batalha. Com o entusiasmo de quem acredita que vai conseguir sentar-se, colocar o guardanapo ao colo e degustar o croissant numa só peça, ele avança, talvez demasiado confiante, para a área de bufete. Ora, isto seria normal para qualquer pessoa com coordenação motora básica. Mas para o Desastrado, há uma série de desafios a ultrapassar.

Começa logo na bancada dos cereais. Ele tenta, com esforço, servir-se de uma porção de muesli, mas a rotação da alavanca do dispensador resulta numa cascata de cereais que escorrem descontroladamente para o chão, criando um mosaico caótico que os funcionários limparão enquanto ele, já exasperado, se desculpa e murmura: "Ah, isto não costuma acontecer...".

Depois, a bebida. O sumo de laranja parece uma escolha segura, mas ao verter o líquido na chávena, algo ocorre – talvez o Desastrado já esteja a pensar na possibilidade de entornar o copo, ou talvez seja um reflexo inato. O certo é que, enquanto ele tenta concentrar-se na manobra, o copo inclina-se e, em milésimos de segundo, a bebida transborda, alagando a mesa e possivelmente o pequeno pedaço de torrada que estava a seu lado. Ele suspira, os empregados olham, e, como em todos os dias anteriores, o staff resigna-se e traz um pano.

Outro traço característico do Hóspede Desastrado é o seu talento peculiar para atrair nódoas para as roupas. Este hóspede não é apenas distraído, é um verdadeiro imã para líquidos, molhos e outras substâncias problemáticas. A sua camisa é um mapa de momentos gastronómicos mal-sucedidos, um compêndio de pequenas tragédias que inclui manchas de café, pingos de vinho e, ocasionalmente, marcas suspeitas de molhos que nem ele sabe identificar. Para este hóspede, a roupa impecável ao final de uma refeição é uma utopia inalcançável. Se a mancha é vinho tinto e o tecido branco, o Desastrado já desistiu de lutar; resignou-se a aceitar que existe uma espécie de magnetismo misterioso entre os tecidos claros e as bebidas escuras.

No entanto, o problema não fica apenas na roupa. Existe um efeito colateral: a cadeira, a mesa e, em casos mais graves, o próprio chão. Porque o Desastrado não é contido nos seus movimentos. Ele consegue, de alguma forma inexplicável, entornar chá na almofada, ou espalhar a manteiga na cadeira do lado. É como se a gravidade conspirasse para distribuir, de forma democrática, os vestígios do seu pequeno-almoço pelo mobiliário à sua volta.

O momento em que o Desastrado entra finalmente no seu quarto é simultaneamente um alívio e um desafio. Alívio, porque, na teoria, ele vai repousar e tentar não fazer mais estragos. Desafio, porque o quarto é, na verdade, um campo minado de objetos que só esperam o seu toque para se desequilibrarem, partirem ou acabarem no chão. Ele coloca a mala ao lado da cama e, enquanto tenta tirar o casaco, dá um toque involuntário no copo de água sobre a mesa de cabeceira. O copo, claro, vira, derramando o seu conteúdo na almofada.

Ele olha incrédulo para a almofada molhada, pensa em chamar o serviço de quartos, mas hesita – sabe que já está a exceder o limite de paciência do staff. Decide, então, improvisar e colocar a almofada a secar no aquecedor.

Mas a saga continua. Ao tentar ajustar a temperatura do chuveiro, sem querer, dá um golpe na torneira que liberta um jato de água fria diretamente para a sua cara. Assustado, ele recua, e acaba por tropeçar na toalha de banho estrategicamente colocada... no chão. Há algo quase coreografado nestes acidentes, como se o Desastrado tivesse um talento inato para as pequenas catástrofes do quotidiano. Não é maldade; é apenas uma combinação de distração e azar que o torna uma figura trágica, e um pouco cómica, em cada movimento.

O serviço de quartos, no entanto, é o departamento que mais sofre. Não por qualquer animosidade entre o Desastrado e o staff, mas porque o serviço de quartos é, na prática, o seu salvador. E ele sabe disso. Cada acidente que ocorre, cada líquido derramado, cada objeto quebrado, culmina num discreto telefonema para a receção: "Boa noite, desculpem incomodar, mas eu... ah... aconteceu um pequeno incidente no quarto."

E é assim que, numa semana, o serviço de quartos se torna praticamente uma extensão da sua rotina diária. Os funcionários já o conhecem pelo nome, e quando o telefone toca, sabem que é ele. Não precisam de perguntar o que aconteceu; já vêm com o equipamento de limpeza completo, prontos para qualquer cenário, desde vinho derramado até champô misturado com água de banho. No final da semana, o staff do hotel desenvolve uma espécie de afeto resignado pelo

Desastrado – como se fosse um sobrinho desajeitado que é um pouco irritante mas, ao mesmo tempo, impossível de não proteger. Afinal, ele não faz por mal; é simplesmente assim.

Para o Desastrado, andar num elevador é uma experiência mística. A simples ação de pressionar o botão para o andar certo é, para ele, um enigma tecnológico. E não há vez em que o elevador não se transforme num espaço de confusão. Ele entra, aperta o botão errado, aperta de novo, muda de andar, aperta outro botão. Às vezes, ele entra e esquece-se de apertar o botão de qualquer andar, ficando parado, confuso, até que outra pessoa entre e perceba que ele está a olhar para o painel como se esperasse uma revelação divina.

Quando finalmente chega ao andar desejado, sai com o ar exausto de quem sobreviveu a um labirinto mecânico, sem entender muito bem como. Porque o Desastrado, sejamos francos, não compreende o elevador. Ele encara-o como um veículo estranho, uma máquina que testa a sua paciência e a sua capacidade de orientação. E quando finalmente se adapta ao mecanismo, já é hora de fazer check-out e começar o ciclo todo de novo noutro hotel.

O momento do check-out é um misto de alívio e tristeza para o Desastrado. Alívio, porque sabe que finalmente vai sair daquele cenário de caos que ele próprio criou; tristeza, porque, no fundo, ele sabe que deixará uma pequena marca (ou várias nódoas) nas memórias do staff. Ele aproxima-se da receção com aquele ar semi-envergonhado de quem sabe que foi uma presença exigente. Tenta, talvez, compensar com um elogio ao hotel: "Gostei muito do quarto... tirando aquele pequeno incidente com a água, claro. E do pequeno-almoço... apesar de o meu sumo de laranja ter acabado no chão... mas pronto, foi ótimo!"

Os funcionários respondem com um sorriso paciente. Eles já sabem. Já sentiram o verdadeiro impacto da sua estadia. E, no entanto, lá está ele, a despedir-se com um aperto de mão, como se tudo tivesse corrido maravilhosamente bem. É um final quase comovente, este adeus. Porque, no fundo, o Desastrado não quer dar trabalho. Ele quer apenas existir, e se essa existência gera caos, ele aceita-a com uma resignação estoica.

E então ele sai. E o hotel suspira.

# O Hóspede Solitário: O Amigo de Ocasião com Complexo de Espírito Livre

Ora bem, caros leitores, vamos falar do espécime mais peculiar que habita os corredores dos hotéis, aquele indivíduo que viaja só, mas, de facto, nunca está sozinho. Aliás, acho que ele é capaz de acreditar piamente que foi a estrela de toda a estratégia de marketing do hotel. Porque, convenhamos, nada melhor do que uma escapadela a solo para se descobrir a si mesmo... e já agora conhecer 57 novos "amigos" na primeira noite. E é sobre ele, o "hóspede solitário", que me vou debruçar hoje.

Aquele tipo que chega ao hotel de mochila às costas, descontraído, com um ar de quem "não vem cá para confusões", mas secretamente deseja ser confundido com um personagem principal num filme de Hollywood. Na verdade, ele é aquele que aparece em todas as fotos de grupo, apesar de ter entrado na cena como quem não quer a coisa. Lá está ele, em pé, meio disfarçado de fundo, como uma presença quase acidental, mas não enganemos a alma – ele sabe muito bem o que faz.

A sua jornada começa logo no check-in, claro está. Lá está ele a trocar sorrisos com o rececionista, talvez a perguntar coisas importantes e, acima de tudo, bem pensadas como: "Então, e aqui por perto, o que recomendam?" – que é uma maneira subtil de dizer "perguntem-me sobre as minhas aventuras e façam com que eu me sinta um explorador." Vai ficando no lobby, à espera que algum outro hóspede, com mais ou menos ingenuidade, inicie uma conversa banal. É o primeiro a perguntar: "Sozinho por cá?" com aquele tom casual que revela já uma vasta experiência em meter-se na vida alheia. "Não se preocupe", diz ele, "também estou cá sozinho. Podemos, sei lá, combinar qualquer coisa, ou então eu fico por aqui..." Este "ou então eu fico por aqui" é um clássico. É a sua forma de estar: "Fiquem à vontade, mas estou disponível para ser socializado."

Este amigo, que vos apresento hoje, é aquele que carrega um livro para a varanda. Mas não é um livro qualquer, entendam. É um "livro de varanda". O livro de varanda, para quem não sabe, é um acessório essencial para o hóspede que deseja dar aquele ar enigmático e profundo. Serve para parecer que está completamente absorvido na leitura, mas, se olharem com atenção, verão que passa as páginas sem sequer pestanejar. Como um autêntico mágico, domina a técnica de virar a página sempre que alguém se aproxima, garantindo que parece compenetrado enquanto faz aquele contacto visual ocasional, do género "Ah, estou a ler, mas posso perfeitamente interromper, afinal, um livro não foge."

Ele é, no fundo, uma espécie de camaleão de varanda. Para os que já o conhecem da noite passada – porque ele fez questão de se tornar notável – ele é o hóspede misterioso e acessível. Para quem passa pela primeira vez, ele é uma possibilidade, uma intriga, um convite social. Porque, amigos, há que perceber que ele não leu mais de cinco páginas desde que chegou. O livro, na realidade, é o seu grande facilitador social.

Claro que, à noite, o nosso hóspede é o primeiro a marcar presença no bar do lobby, onde adota uma postura igualmente ambígua. Aproxima-se do balcão como quem não quer nada, mas basta verem-lhe a pose para perceberem que quer alguma coisa sim – e essa coisa é atenção. Ele sabe que, eventualmente, alguém vai puxar conversa, nem que seja o próprio empregado de bar, que já o reconhece e, porventura, lhe dirige um simpático "Então, cá outra vez?". O empregado é a sua primeira vítima e também o seu mais fiel público, porque no mundo deste hóspede, qualquer conversa é válida, desde que ele possa, a dado momento, falar sobre as suas preferências de viagem e as suas filosofias de vida "livre".

A coisa mais fascinante deste nosso amigo é a sua falta de planos concretos. Ele está em modo "vou aonde o vento me levar", uma expressão poética para descrever o facto de não ter ideia alguma do que quer fazer. Ele é um verdadeiro seguidor do lema "não me comprometo com nada, mas quero fazer tudo." E o mais interessante é que, ironicamente, o seu "não-planeamento" é, ele próprio, um plano. Reparem: ele já está decidido a ser o tipo que não planeia nada e, por isso, reserva logo o direito a ser o imprevisível da estadia.

O hóspede solitário não é de reservar excursões com antecedência, oh não. Isso seria demasiado mainstream para ele, que prefere decidir "na hora" o que fazer, mas, na verdade, isso só significa que ele espera que alguém lhe diga o que está a fazer para ele poder associar-se. É aquele tipo que, quando alguém menciona ir visitar um monumento local, responde imediatamente com "ah, que interessante, também estava a pensar ir lá, mas ainda não decidi." Claro que estava a pensar nisso, claro que não decidiu – ele já sabia que alguém, eventualmente, iria arranjar-lhe um plano.

Agora, meus caros, aqui vem o verdadeiro truque: o hóspede solitário é o mestre do socializar casual. Não se compromete com ninguém, mas também não passa um dia sem meter conversa com alguém. É o amigo de ocasião, a figura que todos reconhecem ao fim de três dias de estadia, aquele que surge em todas as fotos de grupo. Porque sim, ele até diz que prefere momentos a sós, mas na realidade não é capaz de passar uma tarde sem conversar com alguém novo. E conversa como quem oferece um serviço. Ele é o conselheiro de viagem, o perito em nada mas opinador em tudo.

Sabe falar sobre os locais de que ouviu falar, mesmo que nunca os tenha visitado. "Ah, ouvi dizer que aquela praia é fantástica, mas olha, pessoalmente, prefiro algo mais isolado, longe das multidões." Claro que prefere, claro que sim. Porque ele é um espírito livre que não se mistura, excepto em situações em que quer, e geralmente quer sempre – especialmente se houver um grupo de hóspedes a combinar uma saída para o tal restaurante onde, convenhamos, nunca foi, mas sempre quis ir.

Este nosso hóspede é, de facto, uma figura paradoxal. Viaja só para conhecer a si mesmo e "desconectar-se" das pressões da vida social... enquanto estabelece uma nova vida social no hotel. É como se precisasse desesperadamente de mostrar ao mundo que é autossuficiente e independente, mas ao mesmo tempo quer que o mundo esteja presente para testemunhar a sua independência. Digamos que ele quer provar que é aquele tipo cool, capaz de viver apenas com a sua própria companhia, mas não quer perder a oportunidade de se exibir a fazer exatamente isso.

O que é mais curioso, ainda, é que ele se move de forma muito estratégica, mantendo sempre uma porta aberta para o seu círculo de novos amigos de ocasião. Não vá o diabo tecê-las e acabar a jantar sozinho. Porque, sejamos honestos, o grande medo do hóspede solitário é a solidão que ele tanto afirma abraçar.

Eis que chega o último dia, e o nosso hóspede sente, pela primeira vez, o peso da despedida. Porque, meus caros, ele criou laços, ele construiu pontes. Ele é agora o herói não-oficial do hotel, o rosto conhecido, o companheiro de todos, o amigo de ocasião que será para sempre recordado como "aquele tipo que viajou sozinho, mas era super simpático".

Por fim, enquanto espera pelo táxi que o levará de volta ao aeroporto, ele está, mais uma vez, na varanda – sim, com o livro em mãos, obviamente. E ali fica ele, como que tentando absorver um último bocado daquele cenário social que criou sem esforço. Ele quer deixar a sua marca, quer que as pessoas se lembrem dele. Porque, sejamos sinceros, a pior coisa que poderia acontecer a este hóspede era sair do hotel sem ter feito a diferença, sem ter deixado pelo menos uma dúzia de pessoas a pensar: "Aquele tipo era especial, não era?"

No fundo, a sua solidão é uma fachada – uma desculpa para se lançar numa jornada que nunca foi solitária. Ele é, de facto, um especialista no ser humano, na arte de socializar sem compromisso, de criar laços temporários que não exigem continuidade. E quando alguém lhe diz adeus, ele responde com um sorriso ligeiramente enigmático, como se dissesse "nunca se sabe, pode ser que nos voltemos a encontrar num próximo destino". Porque ele é assim, o eterno viajante solitário que, de alguma forma, encontra sempre alguém disposto a partilhar momentos.

E aí está, o hóspede solitário – o amigo de ocasião que viaja pelo mundo, mas que, no fundo, viaja apenas à procura de alguém que lhe confirme aquilo que ele já sabe: ele é o espírito livre mais sociável que existe.

# O Hóspede Fantasma: Uma Viagem ao Mistério do Quarto Ocupado

Se há uma figura que permeia os corredores dos hotéis com uma aura de mistério digna de um romance policial, é o hóspede fantasma. Este enigma em forma de ser humano faz o check-in, entrega a documentação, recebe a chave e, logo após, desaparece. É como se tivesse aprendido a arte da invisibilidade numa escola secreta de ninjas, ou talvez tenha assinado um contrato com a própria Morte, prometendo não deixar rastos da sua passagem. A sua habilidade em ser discreto é tão soberana que faz com que o próprio staff comece a questionar se o quarto que ele ocupa ainda está, de facto, habitado.

Quando o hóspede fantasma faz check-in, é sempre um espetáculo à parte. A primeira impressão é a de que ele é um ser completamente comum, alguém que poderia estar a qualquer lado, na mesma fila do supermercado ou numa reunião de condomínio. Traz aquele ar que diz "sou apenas mais um turista", mas depois, logo que se dirige ao balcão de recepção, começamos a sentir que há qualquer coisa de peculiar no seu olhar. É um olhar distante, como se estivesse a ponderar questões existenciais ou a planear a próxima grande fuga. O recepcionista, por outro lado, está sempre entusiasmado com a ideia de que vai fazer o check-in de uma personalidade importante, uma celebridade, ou talvez alguém que vai deixar uma marca indelével na história do hotel. Mas não. É apenas o hóspede fantasma, que, a partir desse momento, irá se esgueirar pelos recantos do hotel, como uma sombra que se recusa a ser capturada.

Os detalhes são sempre escassos. O hóspede fantasma não revela muito sobre si. O nome é quase uma mera formalidade, um ruído no registo. Não faz perguntas sobre as comodidades, não pede sugestões sobre locais a visitar. Para ele, o hotel é apenas um ponto de partida, um refúgio onde a vida exterior não o pode alcançar. O recepcionista, intrigado, tenta puxar conversa, mas ele responde com frases curtas, sempre com um tom neutro, como se estivesse mais interessado nas placas de sinalização do que nas interações sociais. É um verdadeiro mestre do mistério, alguém que prefere viver na penumbra e não ser interrogado.

Depois do check-in, é o momento em que o hóspede fantasma realmente se transforma. Para quem está de olho, ele parece ter desaparecido na primeira esquina. Não se vê no pequeno-almoço, não se vê na piscina, não se vê em lado nenhum. Se alguém tiver a audácia de perguntar pelo hóspede fantasma, a resposta será sempre a mesma: "Ah, não sei, nunca o vi". O recepcionista faz uma pequena pausa e adiciona, como que para si mesmo: "Será que ele realmente existiu?".

Um dos maiores dilemas da hospitalidade é tentar descortinar se um hóspede está ou não a aproveitar a estadia. E, no caso do hóspede fantasma, a questão torna-se angustiante. O staff começa a perguntar-se se o quarto realmente está ocupado ou se é apenas um espaço em estado de abandono. Será que ele terá se mudado para outra dimensão? Ou estará a preparar-se para um ataque alienígena e precisa de paz e sossego? Cada dia que passa é um novo capítulo desta narrativa, e a imaginação começa a correr solta.

A verdade é que, para o hóspede fantasma, o hotel é um espaço de total liberdade. Não há regras a serem seguidas, não há horários a serem cumpridos. Pode passar os dias a ler, a dormir ou a encher a banheira até transbordar. Sim, a banheira. Ah, a banheira! O local onde os sonhos se tornam realidade e onde a água quente é a única companhia necessária. O hóspede fantasma não precisa de mais nada. O verdadeiro luxo é ter o tempo e o espaço para si, sem a pressão de ter de interagir com estranhos ou de se sentir obrigado a socializar. Na sua cabeça, ele é o verdadeiro rei do castelo, mesmo que o castelo seja um quarto de hotel.

Se há um momento do dia que provoca angústia nos recepcionistas, esse é o pequeno-almoço. Imaginem o cenário: um buffet farto, cheio de croissants, pães quentes, frutas e, claro, aquele café que só os deuses conhecem. Os hóspedes vão e vêm, alguns a resmungar, outros a rir, mas o hóspede fantasma? Ah, esse é um mistério que paira no ar.

O staff do hotel, em particular a equipa da sala de pequenos-almoços, faz uma espécie de vigília. Todos os dias, alguém pergunta: "E o hóspede fantasma? Já o viram?" A resposta é invariavelmente negativa. Os empregados começam a questionar se ele é apenas uma miragem ou se, de facto, ele é um espírito que não gosta de comer. "Quem não gosta de um bom pequeno-almoço?", questiona um deles, enquanto observa a bandeja a ser levada para a mesa de outro hóspede. O que é certo é que ele não se junta ao banquete. Em vez disso, prefere o silêncio do seu quarto, onde o único barulho é o de virar páginas de um livro ou a música suave que toca na sua cabeça.

Para muitos, o pequeno-almoço é a primeira oportunidade de socialização. O café forte a abrir os olhos, a conversa animada sobre o dia que se avizinha. Mas o hóspede fantasma não se deixa seduzir por essas interações. Ele é, de facto, a antítese do viajante típico que busca novas amizades, novas experiências, novos sabores. Para ele, tudo isso é mais uma desculpa para sair da sua concha. Por isso, é mais fácil para ele permanecer na sua zona de conforto, que é o seu quarto, onde a única coisa que precisa de fazer é existir.

A ausência do hóspede fantasma começa a gerar murmúrios entre a equipe do hotel. Os empregados, sempre atentos, começam a traçar teorias e a especular sobre o que poderá estar a acontecer. Algumas hipóteses são absolutamente ridículas, como a de que ele é, na verdade, um espião internacional que se esconde em plena vista. Outros sugerem que ele pode estar a viver uma vida secreta como escritor, aproveitando a tranquilidade do hotel para produzir o seu grande romance. De repente, o hóspede fantasma transforma-se numa figura quase mítica, um ser que vive à parte, que não precisa da agitação da vida social para ser feliz.

Como todos os rumores, as especulações acabam por crescer e tornar-se cada vez mais absurdas. Será que ele é um espírito que vaga por lá à procura de redenção? Ou um viajante do tempo que se perdeu no espaço entre as eras? As teorias vão desde o mais banal ao mais fantástico, e o hóspede, claro, continua a fazer o que faz de melhor: desaparecer.

Uma noite, talvez, o hóspede decide aparecer. Ele faz uma breve visita ao bar do hotel, onde observa os outros hóspedes a socializar. Fica ali, em silêncio, como um fantasma que finalmente se materializa. A conversa flui, as risadas ressoam e ele, de repente, sente-se um pouco deslocado. A interação parece-lhe estranha, quase invasiva. Assim, antes que alguém perceba que ele não é um mero espectador, desaparece de novo, como se nunca tivesse estado lá. E o staff, claro, fica a perguntar-se: "E se, afinal, ele fosse um mito?".

O que nos leva a pensar que a verdade é que o hóspede fantasma tem um relacionamento amoroso com o seu quarto. Para ele, o quarto não é apenas um espaço de dormir, mas um santuário, um local sagrado onde pode ser quem quiser, longe das pressões do mundo exterior. É um refúgio onde pode dar largas à sua criatividade, à sua introspeção, onde pode ler os clássicos da literatura sem ser interrompido. Pode perder-se nas páginas de um romance de amor ou numa aventura épica, com a certeza de que ninguém o vai interromper.

E, assim, ele desliza de um estado de consciência para outro, flutuando entre o sono profundo e a leitura contemplativa. É um luxo que poucos se permitem, mas que para o hóspede fantasma é o pão nosso de cada dia. Afinal, para ele, a vida é uma grande estória que deve ser saboreada e não apressada.

A banheira, ah, a banheira! O único espaço onde ele pode relaxar e deixar que os pensamentos fluam sem limites. A água quente envolve-o como um abraço, e enquanto a espuma sobe, ele mergulha em reflexões que podem nunca vir a ser partilhadas. Para o hóspede fantasma, cada gota de água é uma oportunidade de sonhar, de questionar e, quem sabe, de escrever um futuro que ele ainda não conhece.

Chega, finalmente, o dia do check-out. E como é que se despede um hóspede fantasma? Será que ele deixa um bilhete a agradecer pela estadia, ou será que simplesmente desaparece sem deixar rasto? O staff do hotel observa com um misto de curiosidade e expectativa. O que estará a acontecer atrás da porta do seu quarto? Será que ele está a fazer as malas ou simplesmente a deixar-se ficar, desfrutando do último momento naquele pequeno reino de silêncio e paz?

O recepcionista fica em pulgas. Será que ele vai aparecer? Será que finalmente o hóspede fantasma irá revelar-se? O suspense é palpável, quase ensurdecedor. Mas, como sempre, o hóspede não dá sinal de vida. E, por fim, quando o tempo parece parar, a porta do quarto abre-se. E lá está ele, com a mochila às costas, pronto para sair. Um aceno, um breve sorriso, e desaparece pela porta principal. O recepcionista observa, talvez pela última vez, e pergunta-se se realmente existiu. Se o hóspede fantasma foi, de facto, um ser humano ou se foi apenas um produto da sua imaginação, um eco de um tempo que nunca foi vivido.

E assim se vai o hóspede fantasma, um mistério que nunca será desvendado. Mas o que fica é a certeza de que, por um breve momento, a sua presença alterou a rotina do hotel, deixou uma marca, mesmo que invisível. Porque, no fim das contas, a vida é feita de encontros e desencontros, de fantasmas e realidades. E quem sabe, um dia, ele possa voltar, trazendo consigo novas histórias, novos mistérios e talvez, quem sabe, um pouco mais de companhia para a próxima estadia.

E assim termina a saga do hóspede fantasma, que nos ensina que às vezes, a maior aventura é permanecer escondido nas sombras, longe dos olhares curiosos e dos padrões sociais que nos tentam moldar. Porque, no fundo, todos nós temos um pouco de fantasma dentro de nós, e talvez, só talvez, a nossa maior força resida na capacidade de nos tornarmos invisíveis quando necessário. E que ninguém se esqueça: a solidão pode ser a melhor companhia que se pode ter.

# O Recepcionista do Hotel: Um Sorriso, Mil História e Zero Conexões

Entremos no mundo do hotel. Não importa se é um cinco estrelas ou um lugar mais modesto; a experiência começa sempre da mesma maneira: através do sorriso do recepcionista. Ah, o recepcionista! Aquele ser iluminado que parece ter saído de um anúncio de pasta de dentes, sempre pronto a dar as boas-vindas a todos os hóspedes que cruzam a porta. Mas, vamos ser honestos, por detrás daquele sorriso radiante esconde-se uma realidade bem mais complexa. E, entre nós, muitas vezes o que vemos é um sorriso mais falso que uma nota de cinco euros.

Imaginem a cena: acabaste de desembarcar após uma viagem de 12 horas, exausto, parecendo mais um zombie do que um ser humano. O avião foi uma espécie de câmara de tortura, onde as cadeiras foram desenhadas para o conforto de um mico, e o único entretenimento disponível eram os murmurinhos de passageiros a falar de como as suas férias em Bali foram maravilhosas. A atravessar a porta do hotel, tudo o que desejas é um banho quentinho e um travesseiro que não pareça uma pedra. Mas não! No entanto, lá está ele, o recepcionista, com um sorriso tão largo que se pode usar como ponto de referência na cidade.

"Bem-vindo ao Hotel Maravilhas!", exclama ele, com um entusiasmo que mais parece uma performance de stand-up comedy. O tom é sempre o mesmo: exuberante, ensaiado, quase robótico. Ele está a fazer o que se espera dele, a cumprir o seu papel. Na cabeça dele, cada cliente é um número e a sua missão é despachar cada um deles como quem enche caixas num armazém. A eficiência é a palavra-chave, e o seu lema parece ser: "Quanto mais rápido eu despachar este, melhor!" O problema é que, enquanto faz isso, tu, o hóspede, só consegues pensar: "Mas eu só queria um banho!".

A chegada ao hotel é, portanto, um ritual. O check-in, para o recepcionista, é um desempenho diário. Ele se coloca à porta do palco, pronto para começar a sua performance, e ali está a magia a acontecer. As pessoas vêm e vão, e o recepcionista está sempre a reter um sorriso ensaiado. Claro que, no fundo, ele sabe que a maioria dos hóspedes está mais interessada em chegar ao seu quarto do que em ouvir a história do hotel ou as recomendações do dia. Mas isso não o impede de recitar o seu texto como se estivesse a competir num concurso de declamação.

"Se precisar de alguma coisa, não hesite em contactar-nos!" – outra frase repetida até à exaustão. E quando tu, pobre viajante com a alma desfeita e o corpo a pedir um sofá, pedes uma recomendação para jantar? "O nosso restaurante é excelente!" Ele responde, com a convicção de um vendedor que está a tentar empurrar um carro avariado como se fosse um modelo novo. É sempre a mesma lista: as mesmas opções, as mesmas recomendações. Está claro que ele já decorou a resposta, mas não se deu ao trabalho de pensar: "E se esta pessoa realmente quisesse uma boa refeição?".

E se há algo que realmente nos faz questionar o serviço ao cliente, é a sensação de indiferença que pode surgir. O recepcionista parece estar mais preocupado em cumprir a quota de check-ins do que em entender as necessidades dos hóspedes. E isso é um fenómeno fascinante: como é que uma pessoa que deveria ser a primeira linha de contacto, que deveria, em teoria, estar ansiosa por oferecer um serviço excepcional, se transforma num mero espectro de indiferença?

Talvez seja a pressão do trabalho, a exaustão acumulada ou, quiçá, a necessidade de manter uma fachada de profissionalismo. A verdade é que, por trás do sorriso brilhante, pode haver um cansaço tão profundo que se torna quase palpável. Ele está a fazer um esforço, sem dúvida, mas, em vez de nos receber como convidados, parece que está a lidar com uma fila de produtos numa caixa de supermercado.

Imaginem o que seria ser recepcionista num hotel, um trabalho que envolve lidar com uma variedade de personalidades e expectativas. Desde o cliente exigente que quer tudo a acontecer num estalar de dedos até ao hóspede que simplesmente quer paz e sossego. O recepcionista é como um artista de circo, equilibrando-se entre diferentes necessidades e caprichos, sempre a tentar manter o sorriso e a simpatia, mas, às vezes, a fazer isso de uma forma que parece mais uma obrigação do que um prazer.

E é aqui que entramos na parte mais interessante da equação: o tráfico de sorrisos. Todos sabemos que o sorriso é a moeda de troca mais valiosa numa indústria onde a primeira impressão é tudo. Mas a questão que se coloca é: até que ponto esse sorriso é genuíno? Para muitos, o recepcionista é apenas um executante de um papel, alguém que recebeu um manual sobre como sorrir e ser simpático, mas que, no fundo, não sente realmente o que está a dizer.

As expressões faciais podem enganar, e o que deveria ser uma recepção calorosa pode, muitas vezes, resultar numa interação que se assemelha a uma transação comercial. "Aqui está a chave do seu quarto, agora passe para a próxima pessoa." E, enquanto as portas se fecham atrás de cada hóspede, o recepcionista permanece ali, repetindo o mesmo mantra, como uma máquina programada para operar.

Para ele, cada cliente é um número, e a única coisa que importa é o tempo que leva para o despachar. Esta dinâmica traz à tona uma questão: até que ponto é que esta abordagem fria e calculada não prejudica a experiência do hóspede? Afinal de contas, as viagens são, muitas vezes, momentos que marcam a vida das pessoas, e o que deveria ser uma experiência memorável pode rapidamente se tornar um amargo de boca quando tudo que se sente é a indiferença.

Mas, no meio de toda esta indiferença, ainda existem momentos de genuína humanidade. É preciso olhar além do sorriso ensaiado e tentar perceber que, por trás daquela fachada, existe uma pessoa com as suas próprias lutas e batalhas. Talvez o recepcionista tenha acabado de passar por uma desilusão amorosa, ou talvez esteja a lidar com a pressão de um trabalho que não valoriza. Às vezes, é fácil esquecer que, mesmo aqueles que estão na linha da frente, também são seres humanos.

E então surge o dilema: como é que podemos, enquanto hóspedes, fazer a diferença? Como é que podemos quebrar esse ciclo de indiferença e trazer um pouco de humanidade de volta ao processo? Afinal, um sorriso genuíno pode fazer toda a diferença. Um simples "como estás?" ou um "obrigado pelo seu trabalho" pode, por vezes, transformar a dinâmica da interação. Pode ser o combustível que o recepcionista precisa para recordar que, apesar de estar ali a despachar números, também está a lidar com seres humanos.

É verdade que o serviço ao cliente deve ser uma prioridade, mas isso não deve acontecer à custa da empatia. O verdadeiro serviço não é apenas oferecer um quarto ou uma refeição; é criar uma experiência memorável, onde cada hóspede se sinta valorizado e respeitado. Isso requer um esforço conjunto, uma dança harmoniosa entre recepcionistas e hóspedes, onde ambos têm a oportunidade de se conectar, mesmo que apenas por um breve momento.

Mas, vamos ser sinceros, nem sempre isso acontece. O eco da indiferença pode ser um ruído ensurdecedor. Enquanto esperas pacientemente na fila para o check-in, observas as expressões dos outros hóspedes, e não é difícil perceber que muitos deles partilham a mesma frustração. Olhares perdidos, sussurros nervosos, e aquela sensação de que estão todos a perder tempo, como se estivessem presos numa fila interminável de uma montanha-russa.

E, ao olhar para o recepcionista, percebes que, embora ele esteja ali a sorrir, na verdade, não se importa. Ele está a fazer o seu trabalho, mas sem entusiasmo. E, para muitos, isso pode ser uma experiência desgastante. Afinal, a viagem já foi longa e cansativa, e a última coisa que se quer ao chegar ao hotel é sentir que o calor humano se evaporou à porta. As boas-vindas, que deveriam ser calorosas, tornam-se um eco distante de sorrisos ensaiados e frases feitas.

E, à medida que a estadia avança, a interação com o recepcionista não se limita ao check-in. O check-out é outro momento em que se espera que a magia aconteça. Mas, de novo, a realidade pode ser bem diferente. No check-out, o recepcionista pode ser tão entusiástico quanto um gato em dia de banho. O que deveria ser um momento de despedida calorosa transforma-se num mero formalismo.

"Obrigado por escolher o nosso hotel! Desejamos-lhe uma boa viagem!" é a frase padrão. E, enquanto te diriges à saída, não

consegues deixar de pensar que, para ele, tu foste apenas mais um cliente a despachar. O recepcionista é como um guião de teatro que repete o mesmo texto sem qualquer emoção. É como se estivesse a dizer: "Adeus, espero que voltes... ou não!"

No final do dia, o recepcionista representa a interface entre o hóspede e a experiência do hotel. Ele é o rosto que recebe os visitantes e, muitas vezes, é quem molda a impressão inicial que as pessoas têm do espaço. E, embora o seu sorriso possa ser apenas uma fachada, a verdade é que ele desempenha um papel crucial na criação de memórias. Portanto, por mais que possamos criticar essa superficialidade, não podemos deixar de reconhecer que a forma como o recepcionista lida com os hóspedes pode influenciar a nossa experiência.

Mas, ao mesmo tempo, é importante que os hóspedes também façam a sua parte. No mundo do turismo, o respeito é uma via de mão dupla. Afinal, todos estamos a passar por algo. E se pudermos, mesmo que por um breve momento, quebrar essa barreira entre recepcionista e hóspede, talvez possamos criar uma experiência mais rica e gratificante.

Agora, deixemos uma pergunta no ar: será que um dia veremos um recepcionista que realmente se importe? Um recepcionista que vá além do sorriso ensaiado e que, de fato, busque uma conexão genuína com os hóspedes? Pode parecer uma utopia, mas, no fundo, o que todos desejamos é um pouco mais de humanidade neste mundo cada vez mais automatizado.

A tecnologia pode facilitar a vida de muitos hotéis, mas não pode substituir a conexão humana. Portanto, ao entrarmos num hotel, que tal pensarmos um pouco mais sobre a experiência que queremos viver? Que tal olharmos para o recepcionista não apenas como um trabalhador, mas como alguém que, assim como nós, tem os seus próprios desafios? A próxima vez que fizeres check-in, talvez seja uma boa ideia não só contar o número de estrelas no hotel, mas também o número de sorrisos genuínos que consegues encontrar.

E, quem sabe, no final da estadia, o recepcionista que parecia ser uma máquina de sorrisos sem alma poderá surpreender-te com uma história que vai além do habitual "bem-vindo". Afinal, no mundo do turismo, a verdadeira magia acontece quando conseguimos olhar para o outro lado, e compreender que, por trás de cada sorriso, há um ser humano à espera de uma oportunidade para brilhar.

Ao pensarmos no recepcionista como mais do que uma simples figura no check-in, podemos começar a mudar a forma como experienciamos as viagens. Lembremos que todos nós, no fundo, somos viajantes à procura de conexões humanas. E, mesmo que as interações sejam rápidas e superficiais, o impacto que podemos causar na vida do outro é imensurável.

Na próxima vez que entrares num hotel, faz um esforço para não apenas receber aquele sorriso forçado, mas para responder com um sorriso genuíno. Pergunta como está o recepcionista, ouve a sua história, e permite que ele te conheça além do mero hóspede. Porque, no final, o que levamos de uma viagem não são apenas as fotografias ou as lembranças, mas as histórias que construímos e as pessoas que conhecemos ao longo do caminho.

E, assim, como em qualquer boa crónica, fica o convite para refletirmos sobre a experiência humana no nosso dia-a-dia. Afinal, todos nós temos o poder de mudar a narrativa. Basta apenas olharmos uns para os outros e lembrarmos que, no fundo, estamos todos aqui para fazer parte de algo maior, mesmo que isso signifique, por vezes, um sorriso mais genuíno e uma interação mais verdadeira. A vida, afinal, é feita de momentos, e cabe-nos a nós transformá-los em memórias inesquecíveis.

# O Porteiro Detetive: O Coração Pulsante do Hotel

Entrar num hotel é, para muitos, como entrar num novo mundo, uma espécie de reino onde as regras são diferentes e a hospitalidade é uma arte a ser dominada. E no meio de todo este cenário, há uma figura que se destaca: o porteiro. Ah, o porteiro! Este personagem que parece ter saído de um filme de espionagem, sempre com um ar de quem conhece todos os segredos do hotel. Ele é o verdadeiro detetive do local, a ligação entre o hóspede e o mundo à sua volta, e a sua presença é fundamental para a experiência de qualquer viajante.

Logo que se entra no hotel, é impossível não notar o porteiro. Ali está ele, no seu posto, sempre com um sorriso que mistura cordialidade e um toque de ironia. É como se estivesse a dizer: "Estou aqui para te ajudar, mas também para te lembrar que a vida é feita de escolhas, e tu acabaste de fazer algumas péssimas." Ao ver a quantidade de malas que levas, ele não consegue conter o impulso de soltar uma piada. "Posso ajudar-te com isso!", diz ele, enquanto os teus braços quase se despedaçam sob o peso dos bagageiros.

"Ah, claro que sim, isso vai ser fácil", pensas, mas, enquanto as tuas malas começam a escorregar pelas tuas mãos, percebes que a vida não é tão simples quanto parecia. O porteiro agarra a mala como se fosse uma pluma, e tu, a lutar para não te desequilibrar, sentes-te como um verdadeiro amador. "Afinal, por que é que não consegui deixar isto na garagem?", lamentas-te interiormente.

Mas o porteiro não é apenas um ajudante de malas; ele é, sem dúvida, o coração pulsante do hotel. É o verdadeiro detetive que conhece todos os segredos, desde quem é quem no staff até os últimos rumores sobre os hóspedes. "Sabias que o senhor do quarto 304 veio de férias com a sogra e agora quer ir embora antes do previsto?", sussurra ele, enquanto te ajuda com as malas. É quase como se tivesse um acesso direto a um serviço de informações clandestinas.

Na verdade, o porteiro tem uma capacidade extraordinária de absorver informações. Se um hóspede faz barulho ao arrastar a mala durante a noite, ele já sabe. Se alguém se queixa da comida no restaurante, ele também já ouviu. O hotel, para ele, é um microcosmos de histórias, e ele é o narrador. É fascinante como, mesmo que a maioria dos hóspedes nunca saiba o que realmente se passa, o porteiro tem a capacidade de unir as peças do puzzle.

Um hóspede frustrado que decide ir embora mais cedo? O porteiro sabe porquê. Uma família que se muda para o hotel com uma sogra intragável? Ele conhece a história. E, claro, as suas observações sempre vêm acompanhadas de uma boa dose de sarcasmo. "Afinal, quem não gostaria de passar férias com a sogra? Uma verdadeira experiência de vida, não é?" Este é o toque dele, uma pitada de humor que torna as interações ainda mais ricas.

Contudo, se há algo que o porteiro realmente detesta, é quando tentas entrar no hotel sem ajuda. "Ah, posso ajudar-te!" diz ele, com um sorriso que disfarça o seu cansaço. Na sua mente, passa um filme: "Mais uma pessoa que não aprendeu a fazer as malas". É um pensamento que pode parecer cruel, mas não é. Afinal, já lá estão as suas observações sobre as escolhas de vida dos hóspedes, e a culpa não é dele se te deixaste levar por uma lista de desejos de compras.

"Tem certeza que precisas de toda essa roupa para uma semana?", pergunta, a debitar com um tom que mistura humor e leveza. Esta é a sua forma de mostrar que, no fundo, já está cansado das tuas decisões questionáveis. É tudo amor, mas temperado com um toque de sarcasmo e uma pitada de "deverias ter pensado melhor". Enquanto o ajudas, ele tem o dom de fazer as malas parecerem leves como uma pluma, e a cada passo que dá, o sorriso continua lá, mesmo que os seus olhos delatem uma ligeira exaustão.

É uma dança estranha, a do porteiro e do hóspede. Para ti, é um alívio ter alguém a ajudar, mas, para ele, é mais um dia na linha da frente, mais uma luta contra o destino dos viajantes que não conseguem fazer malas com sabedoria. É quase como se fosse um trabalho de detetive, mas, em vez de desvendar crimes, ele tenta descobrir os segredos das malas dos hóspedes e, quem sabe, tentar fazer com que a próxima viagem seja um pouco mais leve.

E, enquanto caminhas em direção ao elevador, não há como escapar das conversas. O porteiro aproveita cada oportunidade para partilhar o que aprendeu durante o seu turno. "Hoje, ouvi uma senhora a discutir sobre a comida, mas, na verdade, estava a falar da sogra que estava a partilhar o quarto com ela." É esta capacidade de transformar as histórias dos hóspedes em pequenas pérolas de sabedoria que o tornam tão especial.

Mas a conversa não se limita a fofocas de hóspedes. O porteiro é um mestre na arte de ouvir. Ele tem um talento incrível para captar a essência de cada um, e, mesmo que não se conheçam bem, parece que ele sabe exactamente o que dizes sem precisar de palavras. "Estás cansado, não é?" ele pergunta, e a resposta é quase automática: "Sim, como é que soube?" E ali, entre as malas e o elevador, cria-se um laço invisível, um momento de conexão que vai além do mero trabalho.

A vida do porteiro não se resume a carregar malas e partilhar segredos. Há uma profundidade nas suas interações que vale a pena explorar. Enquanto tu, hóspede, estás mergulhado na correria da tua vida, ele está ali, a observar tudo, a acumular histórias, a compreender a dinâmica dos seres humanos. O hotel torna-se o seu palco, e ele, o actor principal, que sabe que cada interação pode ser um pequeno pedaço da sua própria história.

A cada dia, o porteiro vive uma nova aventura. Ele testemunha alegrias, tristezas, reencontros, separações, e, por vezes, até pequenos dramas que se desenrolam na recepção. As malas que chegam e partem são apenas uma parte da sua vida; o que realmente importa são as histórias que essas malas trazem. E, ao contrário dos hóspedes, que passam apenas alguns dias, ele fica ali, acumulando experiências, a fazer com que o hotel não seja apenas um edifício, mas uma casa cheia de memórias.

O porteiro, portanto, torna-se o porta-vozes do hotel, não apenas para os hóspedes, mas também para a equipa. Ele conhece os funcionários, sabe os seus nomes e as suas histórias. "O Carlos, da limpeza, estava a falar do filho que acabou de se formar. E a Maria, a do bar, está a pensar em abrir o seu próprio negócio", partilha ele, como se estivesse a compilar uma lista de biografias. E assim, ao fazer esta ponte entre hóspedes e staff, o porteiro cria uma teia de relações que dá vida ao hotel.

Se há algo que pode ser considerado um superpoder, é a capacidade de conectar pessoas. O porteiro tem essa habilidade, e ele usa-a como uma arma secreta. Durante as suas horas de trabalho, ele observa, escuta, e às vezes, até actua como mediador. Se um hóspede se queixa do barulho do quarto ao lado, ele sabe exatamente quem abordar. Se alguém precisa de uma recomendação de restaurante, ele pode apresentar as duas partes, como se estivesse a criar um encontro entre amigos.

Mas o que realmente destaca o porteiro é a sua sabedoria. Ele não é apenas um carregador de malas; ele é um filósofo do cotidiano. "Sabes", diz ele, enquanto empurra a mala para dentro do elevador, "a vida é como esta mala: quanto mais peso trazemos, mais difícil se torna a viagem." E, nesse momento, tu percebes que, mesmo numa simples troca de palavras, há uma lição. O porteiro transforma momentos comuns em sabedoria prática.

"É preciso aprender a desapegar", continua ele, enquanto observa as malas a deslizarem. "Muitas pessoas trazem mais bagagem do que precisam, tanto física como emocional." É uma reflexão que faz eco no teu coração, e por um instante, pensas na quantidade de tralha que arrastamos na vida. O porteiro não é apenas uma figura de passagem; ele é um guia, um amigo e, muitas vezes, o único que te faz refletir sobre o que realmente importa.

Mas o que acontece quando o porteiro desaparece? Há momentos em que a sua presença é menos evidente. Quando o hotel está em plena capacidade, e as operações estão em modo frenético, ele pode ser deslocado para outra tarefa.

E nesse momento, a sensação é a de que o coração do hotel se ausentou. A magia que ele traz parece desvanecer-se, e o ambiente torna-se apenas uma estrutura fria. Sem o porteiro, o hotel perde a sua alma.

Os hóspedes começam a sentir falta das suas interações, das suas histórias, da sua sabedoria. Mesmo que não o tenham percebido antes, agora sentem que algo está em falta. As conversas sem sentido, as piadas sarcásticas, os segredos sussurrados; tudo isso torna-se um eco distante. E, quando finalmente ele regressa, há um ar de alívio no ambiente, como se todos respirassem novamente. O porteiro é, afinal, o catalisador de uma experiência única.

No final das contas, a verdadeira essência do porteiro é a conexão humana. Ele é o primeiro a dar-te as boas-vindas e o último a despedir-se. Durante a tua estadia, ele transforma uma simples troca de palavras em momentos memoráveis. E, embora a sua função principal seja ajudar com as malas, o que realmente traz à mesa é algo mais profundo.

Portanto, ao entrar num hotel, não te esqueças do porteiro. Ele pode parecer apenas mais um trabalhador do turismo, mas, na verdade, é um ser humano que vive para conectar. A próxima vez que precisares de ajuda com as malas ou simplesmente quiseres partilhar uma história, lembra-te de que, por trás do sorriso e da disposição, está um amigo em potencial, pronto para te ouvir e guiar-te.

E, assim, no final da tua estadia, quando fores embora, é bom parar um momento e agradecer ao porteiro. Não só pela ajuda com as malas, mas pela companhia, pela conversa e pela sabedoria que te ofereceu. Muitas vezes, esquecemo-nos de que as pequenas interacções podem ter um grande impacto nas nossas vidas. Um simples "obrigado" pode significar muito para quem está ali a fazer o seu trabalho.

O porteiro, o detetive do hotel, é um dos grandes protagonistas das histórias que contamos sobre as nossas viagens. E, na verdade, ele é quem realmente sabe como transformar uma experiência passageira em uma memória duradoura. Afinal, o que é uma viagem senão uma coleção de momentos que nos fazem rir, chorar e, acima de tudo, sentir? E, na próxima vez que olhares para a tua mala, lembra-te de que, por trás de cada peso, há uma história à espera de ser contada.

Por fim, a vida é, sem dúvida, uma viagem. E, no nosso caminho, encontramos várias figuras que nos ajudam a moldar a nossa experiência. O porteiro é, para muitos, a personificação do que significa ser acolhido, do que significa ter alguém que, mesmo que por breves momentos, está disposto a ouvir e a partilhar um pedaço da sua história.

Então, na próxima vez que fores a um hotel, não te esqueças de olhar para o porteiro e vê-lo como mais do que um simples funcionário. Vê-o como um amigo, um guia e, por que não, um verdadeiro filósofo das viagens. Porque, no fim, todos nós estamos à procura de conexões, histórias e momentos que fazem a vida valer a pena. E, quem sabe, a próxima aventura que começa no hotel possa ser apenas o começo de uma grande história, onde cada um de nós é um personagem principal, carregando as suas malas e os seus segredos, à espera de ser descoberto.

# A Heroína Anónima da Hotelaria

A primeira vez que me deparei com a figura que se esconde por trás do manto de invisibilidade da hotelaria, confesso que fiquei intrigado. Estava em modo férias — um estado de espírito que inclui não apenas relaxamento, mas uma certa dose de irresponsabilidade. Eu, como qualquer hóspede que se preze, estava a desfrutar de uma manhã idílica, saboreando a torrada que prometia ser a melhor do dia e um café que, para todos os efeitos, podia ser comparado ao néctar dos deuses. Foi então que, ao voltar ao quarto, me deparei com um cenário de pura magia: o quarto estava impecável.

Agora, sejamos claros: não é normal que um espaço que, há apenas uma hora, era uma autêntica zona de guerra, como se um furacão tivesse passado por ali, se transformasse num paraíso de arrumação e limpeza. As toalhas estavam organizadas de forma quase artística, as camas feitas com uma perfeição digna de concurso e até o chão tinha um brilho que deixaria qualquer um envergonhado ao olhar para as suas próprias regras de arrumação em casa. Mas, quem era essa personagem mítica que realizava tal feito?

Sim, estou a falar dela — a heroína não reconhecida da hotelaria. Ela entra em ação enquanto nós, os meros mortais, estamos ocupados a engordar com um buffet de pequeno-almoço que, por um milagre da natureza, parece ter um sabor ainda melhor quando é servido a quinhentos metros acima do nível do mar. Enquanto eu me deliciava com as minhas torradas, ela estava lá, fazendo magia com o aspirador e arrumando as toalhas, como uma ninfa moderna, dedicada a manter a ordem em um mundo caótico.

E é isso que torna esta figura ainda mais fascinante: a sua invisibilidade. É como se ela tivesse assinado um pacto de não-interferência. Nunca a vemos. Nunca a ouvimos. A única evidência da sua presença é o estado do quarto quando regressamos. É como se, de repente, alguém tivesse decidido que as nossas mazelas de férias (pelo menos as que se traduzem em lençóis amassados e copos de água vazios) não eram para ser vistas. O que nos leva a pensar: será que ela tem superpoderes? Ou será apenas uma mulher com um aspeto sobrenatural?

Contudo, a realidade é que, se decidirmos ignorar a lógica e deixarmos o quarto numa condição que rivaliza com o caos de uma zona de guerra, é certo que ela, a heroína, não hesitará em deixar a toalha em cima da cama como um sinal claro e inequívoco: "Parem de deixar o quarto assim!". É quase como se dissesse: "Ok, vocês estão de férias, mas isso não significa que a sanidade e a ordem tenham que ser abandonadas!"

Na verdade, essa é a verdadeira beleza do seu trabalho. Ela não é apenas uma limpadora; ela é a guardiã da ordem. O seu papel é um equilíbrio delicado entre manter a beleza do espaço e permitir que os hóspedes desfrutem da sua estadia. A toalha em cima da cama é a sua forma de nos relembrar que, mesmo durante as férias, existe uma linha que não deve ser ultrapassada. Não queremos que o nosso quarto se transforme num campo de batalha, mesmo que a lógica de "limpeza" esteja um pouco desfasada quando estamos em modo férias.

Agora, a questão que me fica na cabeça é: será que ela sabe que estamos em modo férias? Será que, em algum momento, enquanto arruma as nossas coisas, ela não se questiona sobre as nossas escolhas de vida? "Mas que tipo de ser humano precisa de tantas roupas para uma semana de férias?", pensará ela, enquanto coloca em ordem o que nós, numa profunda desconexão com a realidade, deixámos à mercê do destino.

É um pouco como se estivéssemos a viver numa comédia, onde cada gesto nosso é observado com uma mistura de divertimento e cansaço. "Ainda não aprenderam a fazer as malas?", deve ressoar na mente dela enquanto se move com a graça de um bailarino e a precisão de um cirurgião.

A toalha em cima da cama, portanto, transforma-se em um símbolo. Não é apenas uma toalha — é um lembrete, um aviso, um convite à reflexão. Ela diz: "Eu estou aqui, a trabalhar arduamente para que vocês possam desfrutar, mas, por favor, tenham um pouco de consideração!" E quem poderia culpá-la? É um trabalho que exige paciência, dedicação e, acima de tudo, um forte estômago para lidar com a bagunça alheia.

Enquanto reflectia sobre essa figura anónima, lembrei-me de quantas vezes subestimei a importância da sua presença. Sempre que fazemos check-in num hotel, estamos mais preocupados com as comodidades, com o conforto da cama, com a vista da varanda e, claro, com a velocidade do Wi-Fi. Mas é fácil esquecer quem realmente faz o nosso tempo ali agradável e confortável.

A heroína da hotelaria não tem o glamour de um gerente de hotel, não recebe aplausos quando os hóspedes saem satisfeitos. Ela trabalha nas sombras, fazendo parte da engrenagem que mantém tudo a funcionar. Para ela, cada dia é uma nova batalha contra a desordem e, ao mesmo tempo, um novo desafio para criar um espaço onde as memórias possam ser construídas. Porque, vamos ser sinceros, quem se lembra da vez que o quarto estava impecável? A história que ficará na nossa memória é a da experiência que vivemos, das conversas partilhadas e das aventuras vividas.

A magia da limpeza vai além do que podemos ver. É um trabalho que exige uma dedicação quase zen. A forma como arruma as toalhas, a maneira como organiza os produtos de higiene pessoal, tudo tem um significado. O objetivo dela não é apenas limpar, mas também transformar. O quarto, ao ser arrumado, transforma-se numa extensão do nosso lar. É um convite para relaxar, para esquecer as preocupações do dia a dia e simplesmente ser.

Ela é como uma artista, cada gesto seu é cuidadosamente pensado. Quando entra num quarto, não vê apenas um espaço desarrumado; vê um potencial. A transformação do espaço é, para ela, uma forma de arte. E nós, os hóspedes, somos os beneficiários dessa criação.

É fascinante pensar que, enquanto estamos distraídos com as nossas refeições, há alguém ali fora a trabalhar arduamente para garantir que a nossa estadia seja perfeita. Essa é a verdadeira essência do serviço — não apenas fornecer um espaço limpo, mas criar um ambiente que nos faça sentir bem-vindos e confortáveis.

No entanto, as férias também trazem uma outra vertente à nossa realidade: a desresponsabilização. Entramos num estado onde o tempo e a ordem perdem sentido. E, quando isso acontece, o nosso quarto pode facilmente tornar-se um reflexo do nosso estado mental. "Quem precisa de arrumar a mala quando se pode simplesmente atirar as coisas para o chão?", é um pensamento que muitos de nós temos durante as férias.

A heroína da limpeza entende isso, mas ela também sabe que é seu dever manter a ordem. É uma luta constante. Ela vive a batalha entre a necessidade de preservar a limpeza e a aceitação da realidade dos hóspedes. E, por isso, quando decidimos deixar o quarto numa verdadeira confusão, sabemos que a sua resposta — a toalha em cima da cama — é um apelo silencioso para a responsabilidade.

Às vezes, é preciso parar e refletir sobre aqueles que nos cercam. Esta heroína, com seu trabalho invisível, não procura reconhecimento, mas isso não diminui a importância do seu papel. A vida de hotelaria é feita de pequenos gestos, de grandes esforços que, na maioria das vezes, passam despercebidos. É como se ela estivesse à espera do momento em que, finalmente, alguém a olhasse nos olhos e dissesse: "Obrigado".

Não é preciso muito para reconhecer o trabalho dela. Um simples sorriso, uma palavra de gratidão, ou mesmo um ato de consideração ao não transformar o quarto num campo de batalha, pode fazer toda a diferença. É a conexão humana que transforma um mero relacionamento cliente-funcionário numa experiência memorável. É o que dá sentido ao trabalho dela.

As férias são, portanto, um tempo de aprendizado. Aprendemos sobre nós mesmos, sobre o mundo e, claro, sobre as pessoas que nos cercam. Ao olhar para a figura da heroína da limpeza, percebemos que ela é um reflexo do que muitos de nós desejamos: ser vistos, ser valorizados, e, acima de tudo, ser reconhecidos pelo que fazemos.

Durante a nossa estadia, ela passa despercebida, mas, no fundo, ela está a observar, a escutar, a acumular as histórias que se desenrolam à sua volta. É uma guardiã silenciosa, uma testemunha do que significa estar de férias, e ela vive cada momento como se fosse único.

Ao final de contas, a vida é cheia de figuras invisíveis que tornam o nosso dia a dia mais fácil. Muitas vezes, esquecemo-nos de agradecer a quem nos serve, a quem nos ajuda a alcançar uma experiência mais rica. O porteiro, o recepcionista, o garçom, e, claro, a heroína da limpeza — todos eles fazem parte de um ecossistema que sustenta as nossas experiências.

Neste mundo em que a velocidade e a eficiência muitas vezes se sobrepõem ao reconhecimento e à empatia, é fundamental recordar que, por trás de cada serviço, existe um ser humano a trabalhar arduamente. E, quem sabe, se começarmos a dar valor a essas interações, não só melhoraremos a vida dos outros, mas também a nossa própria experiência de viagem.

Por isso, quando te encontras num hotel e regressas ao teu quarto impecável, pára um momento. Sorri, respira fundo e agradece mentalmente à mulher que fez a magia acontecer. Porque, mesmo que ela nunca esteja lá para ouvir, a sua dedicação e esforço merecem ser reconhecidos.

A próxima vez que deixares o quarto num estado que rivalize com uma zona de guerra, lembra-te da toalha em cima da cama. Ela não é apenas um aviso; é um lembrete de que as férias não significam desprezar a ordem e a limpeza. E, por fim, quando chegares a casa, leva contigo a lição de que o verdadeiro valor das experiências de viagem está, muitas vezes, nas pequenas coisas, nos gestos invisíveis que fazem toda a diferença.

Neste mundo caótico, onde tudo parece girar à velocidade da luz, que possamos sempre encontrar tempo para reconhecer e valorizar aqueles que tornam a nossa vida um pouco mais fácil, um pouco mais limpa e, principalmente, um pouco mais feliz. É assim que, no final do dia, todos nós nos tornamos parte de uma grande história — uma história de conexões, de gratidão e de um profundo respeito pelo trabalho invisível que sustenta o nosso mundo.

# O Chef e o Dilema da Gastronomia Moderna

Ah, o chef! Figura mítica, quase uma celebridade, que se debate entre a criação artística e a realidade crua das preferências dos clientes. Ele é aquele que, a cada garfada, te promete que vais esquecer o sabor dos fast foods e que a vida, a partir daquele momento, será um desfile de sabores requintados. É um verdadeiro alquimista da culinária, transformando ingredientes comuns em pratos dignos de um prémio Michelin, ou pelo menos de um post no Instagram que vai gerar mais "likes" do que uma foto de um gato a dormir. Mas, claro, há um mas — e este mas é grande como um pombo que acaba de se empoleirar na tua mesa de jantar.

Assim que abres o menu e te deparas com os preços, a tua empolgação transforma-se num sobressalto. Um prato que poderia ser uma refeição de luxo em Paris está a custar mais do que um bilhete de avião para lá! Nesse instante, o entusiasmo desvanece-se como uma bolha de sabão que, ao primeiro toque do ar, desaparece sem deixar rasto. O que antes era um sonho de uma experiência gastronómica sublime agora parece um pesadelo em que os teus euros se transformam em migalhas.

A ironia da situação é que, por mais sofisticados que sejam os pratos, o chef parece estar sempre a inventar algo que ninguém pediu. "Hoje temos bacalhau com uma redução de laranja e amêndoas!", anuncia ele, com um brilho nos olhos que só um verdadeiro artista poderia ter. Mas o que ele não sabe — ou talvez não queira saber — é que tu, um simples mortal em busca de um jantar satisfatório, apenas querias uma sandes, algo que te permitisse saciar a fome sem precisar de um dicionário para perceber os ingredientes.

E ali estás tu, a ponderar se vale a pena arriscar o teu salário numa criação que, à primeira vista, parece mais uma obra de arte do que um prato para comer. A dúvida assalta-te: será que a experiência vai compensar o investimento? A pergunta que se impõe é: será que estamos a pagar pela comida ou pela ego do chef? É uma linha ténue, esta que separa a arte da gastronomia do que realmente queremos quando entramos num restaurante.

É impossível não sentir que o chef é uma mistura de génio e ego. Ele é o criador que, na sua mente, tem o poder de mudar o mundo através da comida. Por cada cliente que ama a sua comida, há três que só querem saber do buffet de pequeno-almoço. E, nesse momento, torna-se evidente que a verdadeira batalha não é apenas entre pratos, mas entre a visão do chef e a realidade do cliente.

Lá está o chef, atrás do balcão, com a sua camisa imaculada e o seu chapéu que parece ter saído de um filme da Disney. Ele tem a aura de quem sabe que o seu trabalho é mais do que simples culinária — é uma performance. A sua cozinha é o palco, e os ingredientes, os actores que se reúnem para criar um espetáculo. Mas, por detrás de toda esta pompa e circunstância, levanta-se a questão da originalidade.

Quantas vezes não já ouvimos falar de pratos que são "a nova tendência"? A verdadeira arte da gastronomia, para o chef, não é apenas saber cozinhar, mas sim reinventar o que já existe. "Bacalhau com laranja e amêndoas", tu pensas. Mas já agora, por que não experimentar o "bacalhau com molho de chá de hibisco e puré de beterraba"? É como se o chef, na sua busca pela originalidade, se esquecesse que nem todos os hóspedes estão prontos para entrar na sua viagem gourmet.

E aqui está a parte hilariante: na maior parte das vezes, os clientes estão perfeitamente felizes a comer um prato simples, mas com sabor. A arte do chef parece muitas vezes estar em contracorrente com as necessidades básicas dos clientes. A última coisa que alguém quer após um longo dia é um prato que parece mais um enigma do que uma refeição. No fundo, desejamos apenas algo que nos faça sentir bem, algo que nos lembre da comida caseira e do conforto.

A gastronomia moderna apresenta-se como um paradoxo. Por um lado, temos o chef a brilhar como uma estrela no firmamento da culinária, desafiando as convenções e explorando sabores. Por outro lado, temos os clientes a questionar se realmente vale a pena pagar um preço exorbitante por uma experiência que pode não corresponder às suas expectativas. O resultado é um bailado de frustrações e desilusões.

É interessante observar que, muitas vezes, a mesma experiência gastronómica é vista de maneira diferente, dependendo do ângulo. Para o chef, cada prato é uma expressão da sua identidade. Para o cliente, cada garfada é uma aposta arriscada. E no final, a plateia aplaude ou silencia, conforme a atuação do artista.

Numa era em que a Instagramabilidade é o novo padrão de avaliação, o chef pode facilmente sentir-se pressionado a criar pratos que sejam tão fotogénicos quanto saborosos. Contudo, não podemos esquecer que, no centro de tudo, está a experiência do cliente. Quando um cliente se senta à mesa, espera mais do que uma simples exibição de arte; espera uma refeição que satisfaça o corpo e a alma.

E aqui é onde o conflito se torna ainda mais evidente. O chef apresenta a sua obra-prima: uma torrada de abacate com um toque de limão, uma redução de balsâmico e, claro, uma fatia de queijo vegan que custa o olho da cara. Ao mesmo tempo, o cliente, com uma expressão de expectativa, olha para o prato e pergunta-se: "Onde está a sandes que eu pedi?"

As expectativas, nesse ponto, tornam-se o verdadeiro campo de batalha. O que para um é uma explosão de sabores e criatividade, para outro é um exercício de paciência e resistência. É uma dança estranha entre o que o chef acha que o cliente deseja e o que o cliente realmente anseia.

Esta desconexão pode criar tensões desnecessárias, como se estivéssemos todos a jogar um jogo de charadas. O chef tenta adivinhar o que o cliente quer, enquanto o cliente tenta decifrar o que o chef está a tentar fazer. E, quando as expectativas não coincidem, a frustração emerge. "Mas eu só queria uma simples sandes!" grita o cliente em silêncio, enquanto experimenta o que mais parece uma pintura de Salvador Dalí no prato.

E, se formos a ver bem, o sabor é, por si só, uma questão de perspectiva. O que é delicioso para um pode ser apenas estranho para outro. Esta é a beleza e a maldição da gastronomia. O sabor não é uma ciência exata; é uma experiência sensorial que é profundamente pessoal. O chef, na sua busca por inovar, pode acabar por desviar-se daquilo que realmente faz a comida especial: a conexão que ela cria.

No entanto, o que acontece quando essa conexão é quebrada? O chef pode sentir-se desencorajado, a sua criatividade esmorecer, enquanto os clientes, por sua vez, começam a sentir que, afinal, estavam mais satisfeitos com o bom e velho hambúrguer de fast food. É aqui que a ironia se instala. O chef, na sua busca por elevação gastronómica, pode acabar por criar um abismo entre si e os clientes.

Mas, e se encontrássemos um caminho de reconciliação? E se, ao invés de criar um menu que desafia as convenções, o chef se deixasse inspirar pelas preferências do público? O que aconteceria se ele se propusesse a escutar e a adaptar-se, criando um espaço onde o sabor e a inovação pudessem coexistir?

O conceito de "menu de degustação" pode ser uma solução. Uma oportunidade para o chef mostrar o seu talento, enquanto ainda respeita os desejos dos clientes. Um mix de pratos clássicos e inovações. "Aqui está a sandes de que você fala! E aqui está também uma interpretação do que poderia ser uma sandes de bacalhau com laranja e amêndoas."

Ao fazer isso, o chef não apenas honra a sua criatividade, mas também permite que o cliente viva a experiência que procurava. É uma dança de harmonia, onde ambos os lados podem brilhar. O cliente fica satisfeito e o chef pode sentir que a sua arte não apenas foi apreciada, mas também reconhecida.

Neste cenário ideal, o chef também se transforma num educador. Ele pode usar a sua plataforma para ensinar os clientes sobre os ingredientes, sobre a origem das receitas e sobre as técnicas que utilizou. Criar um diálogo em torno da comida pode ser uma forma poderosa de conectar-se com os clientes e ajudá-los a entender a importância do que estão a consumir. A gastronomia torna-se uma experiência não apenas de sabor, mas de aprendizado.

Quando um chef se assume como educador, a refeição transforma-se numa história. Cada prato conta uma narrativa, e cada ingrediente é um personagem que desempenha um papel. Os clientes, ao aprenderem sobre o que comem, começam a apreciar ainda mais a experiência, criando um laço emocional com a comida.

À medida que essa nova abordagem se estabelece, as expectativas dos clientes também mudam. Em vez de entrar no restaurante esperando apenas uma refeição, começam a entrar esperando uma experiência completa. Não apenas o sabor importa, mas também o contexto, a história e o aprendizado. O cliente não apenas se alimenta, mas também se enriquece.

A expectativa torna-se um convite para a descoberta. Cada visita a um restaurante transforma-se numa oportunidade de explorar novas culturas, sabores e tradições. E, em última análise, é isso que a gastronomia deve ser: uma celebração da diversidade e da conexão humana.

E assim, nesta intersecção entre o desejo do cliente e a criatividade do chef, desenha-se o futuro da gastronomia. O chef não deve apenas ser um artista, mas também um colaborador, um educador e um mediador entre as culturas. Na era da globalização, a comida tornou-se uma linguagem universal, uma forma de comunicação que ultrapassa fronteiras e une pessoas.

Ao invés de nos fecharmos em nichos de especialização, devemos abrir as portas para uma experiência mais inclusiva, onde todos podem partilhar e aprender. O que o chef traz para a mesa não é apenas comida, mas uma oportunidade de conexão, de entendimento e de crescimento.

Por isso, quando entrares num restaurante e te deparares com o menu, lembra-te: cada prato é uma proposta, um convite à conversa. Não te deixes desencorajar pelos preços altos ou pelas invenções estranhas. Em vez disso, aproveita a oportunidade para explorar, aprender e, quem sabe, descobrir algo novo sobre o que significa comer bem. E, quem sabe, a próxima vez que fores ao supermercado, deixes de lado o fast food e a vida te ofereça um prato que realmente vale a pena.

Assim, à medida que voltamos à nossa realidade diária, ao reencontrar o equilíbrio entre o desejo de originalidade do chef e as necessidades do cliente, estamos a construir um mundo gastronómico mais rico e diversificado. O chef não é apenas um cozinheiro; ele é um artista, um educador e, acima de tudo, um ser humano que partilha a sua paixão pela comida. E nós, os clientes, somos convidados a ser parte dessa história. Portanto, levanta o copo, brinda ao futuro da gastronomia e prepara-te para uma jornada de sabores que transcendem a simples refeição. Que cada prato seja uma celebração da vida e da arte que está presente em cada garfada.

# O Ilusionista da Barra e o Misterioso Cocktail de "Vodka com Sumo de Laranja"

Ah, o bartender. Aquele artista incompreendido, mestre das poções, que faz da bebida uma obra-prima... ou pelo menos quer convencer-nos disso. Cada cocktail é uma expressão pessoal, uma manifestação da sua alma criativa – que, na prática, resulta num copo de vodka com sumo de laranja. Mas atenção! Isto não é uma bebida qualquer; isto é uma experiência sensorial de alto gabarito. "O Sol de Verão", ele chama-lhe, com um orgulho desmedido. Quem precisa de pôr os pés na areia, não é? "Uma viagem tropical servida num copo," diz ele. Quase que dá vontade de acreditar, mas depois reparamos que já passaram quinze minutos e o "Sol de Verão" ainda nem viu a luz do dia.

O que é fascinante neste bartender, é como ele nos embala numa fantasia em que a vida é um filme de Hollywood e ele, claramente, é o protagonista. Não me interpretem mal; admiro a paixão. É revigorante ver alguém falar de uma bebida como se fosse uma revelação espiritual. "Este gin tónico, com uma infusão de pepino e pimenta rosa, vai mudar a tua vida," assegura ele. Parece que estamos a falar de um tratamento ayurvédico, algo entre o holístico e o místico. Mas o mais fascinante é como ele, na verdade, consegue convencer-nos a ponto de esquecermos que estamos à espera há mais tempo do que era suposto. Porque, lá está, o bartender não é um simples preparador de bebidas; ele é um mestre da manipulação emocional.

Mas, infelizmente, nem tudo é glamour e sofisticação. Porque, enquanto tu, sedento e cheio de fé, aguardas pela tal experiência que te vai "transportar para um refúgio tropical" sem teres de sair do centro da cidade, ele está ocupado. Ocupado, claro, a fazer malabarismo com duas laranjas enquanto discute com o bartender ao lado sobre o último festival de música. A tua sede e o teu desespero não são nada comparados à importância vital de discutir o alinhamento do Primavera Sound.

O cocktail de que tanto se fala continua ausente. E, enquanto os bartenders debatem qual DJ foi mais "mind-blowing" no último festival, tu vais da sede ao desespero. Estás a questionar se o "Sol de Verão" é realmente o nome de uma bebida ou se é algum truque de ilusionismo para te distrair enquanto o tempo passa. É quase como se ele quisesse prolongar o momento até que te esqueças de que pediste uma bebida. Talvez seja uma nova técnica de marketing: a espera como ferramenta de construção de expectativa. Se for, é brilhante, embora frustrante.

No entanto, chega o momento em que o bartender finalmente se lembra da tua existência. Ele agarra na vodka, no sumo de laranja e, com uma seriedade quase comovente, começa o ritual. A precisão dos gestos, o olhar concentrado... estamos a falar de alguém que leva este processo a sério. Como se estivesse a orquestrar uma sinfonia em cinco movimentos. Até o leve movimento do pulso ao adicionar o gelo parece ter sido ensaiado. E aí está, o "Sol de Verão" finalmente nasce – pelo menos no copo. Mas quando provas, não consegues evitar pensar que, no fundo, não passa de uma versão poética do que a tua avó fazia nas festas de aniversário.

Depois da experiência (ou, no mínimo, do acto de resistência) que foi esperar pelo "Sol de Verão", resolves pedir um gin tónico. Afinal, é algo seguro, algo que não requer a mesma entrega emocional que um cocktail com nome de poesia. Mas, novamente, subestimas o bartender. Para ele, um gin tónico não é um simples gin tónico. "Que tipo de gin preferes?" pergunta ele, num tom que sugere que, se escolheres mal, vais arruinar a experiência. Tens a sensação de que ele quer ensinar-te algo, como um guru que está à espera de te guiar numa jornada espiritual.

"A sério que vais pôr pepino no gin?" interroga ele o colega da barra ao lado, claramente mais interessado em desabafar sobre as falhas alheias do que em preparar o teu pedido. E enquanto debatem fervorosamente a metodologia de preparação de gins, tu permaneces no limbo. Aguardas pacientemente, ou talvez resignadamente, enquanto o bartender decide se o teu gin é digno de uma rodela de limão ou de um twist de toranja. Porque, para ele, cada escolha é uma decisão artística, uma afirmação de identidade.

Entretanto, a fila cresce, outros clientes começam a aglomerar-se, e tu já foste ultrapassado na ordem de atendimento, mas claro, isso é irrelevante para o nosso artista da barra. Ele está demasiado ocupado em discussões filosóficas sobre a "essência do gin" com o colega, e o teu pedido vai ficando mais frio que o gelo que eles ainda não puseram no teu copo.

Eventualmente, começas a perceber que o bar onde te encontras não é um simples ponto de abastecimento para os sedentos. É uma espécie de palco onde todos desempenham um papel. O bartender, no fundo, é como um actor de método.

Ele não prepara cocktails, ele entra na pele de um mixologista, alguém que acredita que está a mudar o mundo um copo de álcool de cada vez. Esta é a sua missão, a sua vocação, a sua contribuição para a humanidade.

E não é só o bartender que assume um papel. O cliente também tem o seu. A tua função é aguentar estoicamente, como um mártir da sede, e aceitar que o caminho para o cocktail perfeito exige paciência. Não é só um teste ao fígado, mas um teste de resiliência emocional. És um soldado numa guerra de expectativas e desapontamentos, armado apenas com a esperança de que, desta vez, o cocktail valha a pena.

A espera interminável ensina-te algo sobre ti próprio. Descobres, com alguma surpresa, que tens uma tolerância acima da média para absurdos. Afinal, quantas vezes é que vais a um lugar onde um sumo de laranja com vodka é servido com o mesmo fervor que um ritual de passagem para a vida adulta? E mesmo que o cocktail, quando finalmente o bebes, seja uma decepção, já ficaste emocionalmente investido demais para admiti-lo. O que é uma lição valiosa: às vezes, beber não é sobre o sabor, mas sobre a jornada que se faz até ao copo.

Chegamos, então, à grande questão filosófica do bar: será que o sabor do cocktail é realmente o mais importante? Ou será que o acto de beber é, na verdade, um evento social mascarado de experiência gastronómica? Porque sejamos sinceros, poucos vão a um bar exclusivamente para saborear as notas subtis de um gin tónico. A maioria vai para ter uma história para contar no dia seguinte. E neste bar, com o bartender que transforma um sumo com vodka numa epopeia, a história já está garantida.

Na verdade, a experiência supera o sabor. Tu não vais recordar o "Sol de Verão" pelo seu gosto, mas pelo que ele representou: uma odisseia de paciência e resiliência emocional. Vais contar aos amigos que estiveste à espera de um cocktail como se estivesse a ser fabricado numa destilaria artesanal secreta, quando, no fundo, ele era só vodka e sumo de laranja. E, quando ouvires as gargalhadas dos teus amigos, vais perceber que valeu a pena.

Para além do papel de artista incompreendido, o bartender assume muitas vezes o papel de psicólogo amador. Ele é aquele que te escuta quando estás a fazer confidências a meio da noite, ou pelo menos finge escutar enquanto inventa uma nova combinação de licores que, jura ele, "vai mudar a tua vida". E assim, entre confidências e revelações alcoólicas, percebes que estás a pagar mais pelo ouvido atento do que pelo cocktail em si. Num mundo onde as consultas de psicologia custam uma fortuna, o bartender é uma espécie de terapeuta acessível, disponível, e com um sorriso sempre pronto para dizer que a tua última ideia genial não é assim tão má.

Mas, claro, a consulta dura apenas até ele se lembrar de que tem mais clientes. E o teu momento de terapia é interrompido por uma nova crise criativa na barra. "Afinal, o gin tónico leva pepino ou não?" pergunta ele, num tom que deixa claro que esta questão é vital para a humanidade. E assim, enquanto ele se perde em mais uma dissertação sobre o equilíbrio entre o cítrico e o herbal, tu percebes que a tua sessão de terapia acabou – pelo menos até o próximo cocktail.

E aqui reside a beleza e o absurdo de tudo isto: por mais que te queixes, por mais que critiques, acabas sempre por voltar. Porque, no fundo, a experiência de um bar não está nos cocktails. Está no teatro, na espera, na frustração e, acima de tudo, na esperança. Esperança de que, desta vez, o cocktail seja perfeito, o atendimento seja rápido, e a conversa seja interessante.

Mas, no fundo, sabemos que isso raramente acontece. O bartender vai continuar a fazer malabarismo com as laranjas, a discutir o alinhamento do próximo festival, e a servir-nos cocktails que ele próprio admite serem "um pouco experimentais". E nós vamos continuar a voltar, porque gostamos desta estranha combinação de espera e decepção. Afinal, a vida é feita destas pequenas ironias: beber uma bebida que demorou demasiado a ser preparada, ouvir o bartender falar de um festival que não nos interessa e, mesmo assim, sair com um sorriso. Porque a verdade é esta: no fim do dia, o que nos faz voltar não é o cocktail, mas a promessa de uma nova história para contar.

# O Grande Gerente e o Mundo Maravilhoso Onde Nada Está Sob Controle

Ah, o gerente de hotel! Aquela figura mítica que, armada com um clipboard e uma caneta que nunca escreve, nos faz acreditar que o caos que nos rodeia não passa de uma ilusão de ótica. Ele caminha pelos corredores como se tudo estivesse perfeitamente orquestrado – os hóspedes bem acomodados, o Wi-Fi a funcionar, a máquina de café a trabalhar a todo vapor. Mas, por trás daquele sorriso profissional, há uma alma que sabe, bem no fundo, que a sua vida é uma interminável sessão de malabarismo com facas afiadas e granadas prontas a explodir.

Vejamos a situação típica: ele está a andar de um lado para o outro, com passos medidos e um olhar que diz "Eu tenho tudo sob controle", quando, na realidade, o Wi-Fi do hotel acabou de decidir que também merece umas férias. Os hóspedes começam a formar fila na receção, cada um com o seu próprio dispositivo que, aparentemente, parou de funcionar. Entre um pedido de ajuda e um olhar de desespero, ouvem a resposta-padrão do gerente: "Claro que sim, vamos já resolver essa situação." E ele diz isto com a mesma convicção com que alguém promete que "é desta que vou ao ginásio", sabendo, no fundo, que a probabilidade disso acontecer é praticamente nula.

Mas a verdadeira cereja no topo do bolo é a máquina de café do lobby. Aquela que, de um momento para o outro, decide que já chega de trabalhar e entra em greve com uma convicção admirável. E é então que o gerente se vê na ingrata posição de explicar aos hóspedes que, não, hoje não haverá café

– pelo menos, não aquele café que todos esperavam encontrar no lobby. E, claro, ele tenta disfarçar a situação com a melhor cara de "não é o fim do mundo". Afinal, ele sabe bem que cada crise na hotelaria é como uma mini-saga grega, cheia de personagens frustrados e reviravoltas trágicas.

Agora, vamos ser honestos: a verdadeira razão pela qual o gerente anda com um clipboard não é para apontar nada. É, sim, para manter as mãos ocupadas, para evitar que o nervosismo que sente se espalhe pelo corpo como uma dança involuntária. É um truque antigo, que qualquer gerente com um mínimo de experiência adota. Quem nunca reparou? Ele usa o clipboard como um amuleto, algo que diz: "Sim, tenho um plano para tudo isto", quando, na realidade, o plano foi desenhado em duas linhas numa noite de insónia e já falhou há mais tempo do que ele gosta de admitir.

Porque a verdade, sejamos realistas, é que nada no mundo da hotelaria está realmente sob controle. Na cabeça do gerente, claro, tudo está orquestrado. Os horários do staff estão definidos, os turnos são religiosamente respeitados, e cada problema tem uma solução delineada. Mas depois há a realidade, e esta, meus amigos, é mais selvagem que um parque de diversões num dia de chuva. Um hóspede acha que viu uma barata (que na realidade era apenas um pedaço de papel amachucado). Outro acha que a piscina não tem o nível certo de cloro (e agora, aparentemente, tem uma carreira como químico especializado em águas). E, enquanto isso, alguém decide ligar à receção às três da manhã para informar que "o minibar não está devidamente abastecido".

Cada uma destas pequenas crises, para o gerente, representa uma ponta de um iceberg que ele espera não ter de desenterrar.

E enquanto ele apaga incêndios a cada esquina, sorri e continua com a sua marcha implacável pelo lobby, como se o mundo não estivesse à beira do colapso. É como aquele momento em que uma pessoa se vê obrigada a responder a uma situação completamente absurda com um sorriso, sabendo perfeitamente que está tudo perdido. O gerente é, em essência, o ser humano forçado a navegar no caos com uma calma zen que ele só consegue fingir porque já aceitou o seu destino.

Quando o Wi-Fi falha pela terceira vez numa manhã, o gerente já sabe o que o espera. Já consegue imaginar, com uma clareza assustadora, o momento em que um hóspede se aproxima da receção, com um tablet na mão e um olhar de pânico, como se o seu próprio sustento dependesse de cada e-mail que não consegue enviar. E é aqui que a capacidade do gerente de improvisar se torna uma obra de arte.

"Ah, claro que estamos a trabalhar nisso," diz ele, com um tom de voz que oscila entre o formal e o desesperado. E, quando o hóspede começa a demonstrar sinais de frustração, o gerente encolhe os ombros, como quem diz: "O universo tem o seu próprio sentido de humor." Claro que ele não pode dizer isto em voz alta. O sarcasmo, ali, tem de ser subliminar, uma arte insinuada nas entrelinhas. Mas todos nós sabemos que, naquele preciso instante, ele está a pensar que preferia estar em qualquer outro lugar do planeta que não naquele lobby, a fingir que tem alguma ideia de como consertar um problema de tecnologia que, claramente, está fora do seu alcance.

Depois, surge o clássico do café. Naquele momento em que o hóspede desce para o pequeno-almoço e se apercebe de que a máquina de café está tão funcional quanto uma torradeira sem eletricidade, o gerente tem de improvisar. A cena poderia ser trágica se não fosse absurda. "Ah, o café? Está a dar um passeio", diz ele, enquanto finge um sorriso cúmplice. E o hóspede, que esperava uma resposta minimamente séria, é apanhado de surpresa. Talvez por um instante até ache graça. Porque, afinal de contas, estamos todos a fingir que há um plano, quando, na realidade, a única coisa que existe é um gerente com um clipboard e uma esperança desmedida de que, eventualmente, tudo se resolva por si só.

Chega o momento do dia em que o gerente já ultrapassou todos os níveis de frustração possíveis. É aquele instante em que ele percebe que, por mais que tente, nunca vai conseguir corrigir todos os problemas que surgem num hotel. A lista de tarefas que ele carrega não é nada mais do que uma ilusão. Ele pode riscar uma tarefa ou outra, mas, por cada problema resolvido, três novos aparecem. O hóspede do quarto 302 quer mais travesseiros; o do quarto 408 está convencido de que alguém lhe comeu os chocolates do minibar; e o da suíte presidencial precisa de assistência imediata porque não consegue ligar o ar condicionado.

Neste estado de exaustão mental, o gerente abandona toda a esperança de controle e transforma-se num filósofo existencial. Ele percebe que, tal como Sísifo empurrando uma pedra eternamente montanha acima, também ele está destinado a resolver problemas que nunca terão fim. Cada questão é uma nova pedra no seu caminho, e ele, condenado a um ciclo interminável de resolução e frustração, aceita o seu destino com a resignação dos grandes heróis trágicos.

"Há algo de profundamente irónico nisto", pensa ele, enquanto observa o caos à sua volta. Porque a hospitalidade, em teoria, é sobre garantir o conforto e a tranquilidade dos hóspedes. Mas, para ele, é tudo menos isso. Na verdade, ele é o sacrificado que sofre em silêncio, garantindo, com a sua resiliência absurda, que os outros possam viver a ilusão de que tudo está em ordem.

No final do dia, quando o gerente finalmente arruma o seu fiel clipboard e solta um suspiro de alívio, há um breve momento de reflexão. Ele olha para o lobby vazio, para o silêncio que finalmente se instala após horas de agitação, e percebe que, apesar de tudo, não trocaria aquele trabalho por nada. Porque, no fundo, o que o mantém ali é a adrenalina, o caos, e a ironia absurda de tudo aquilo.

Há algo de poeticamente bonito em toda esta rotina insana, em cada crise resolvida (ou pelo menos adiada) e em cada hóspede que, sem saber, lhe agradece pela paciência infinita e pela capacidade de fazer parecer que tudo está sob controle. E ele, num último gesto de sarcasmo, brinda ao caos com um café (finalmente recuperado), porque sabe que amanhã será exatamente a mesma coisa: mais hóspedes, mais problemas, mais Wi-Fi fora do ar, e, claro, a máquina de café, que talvez volte a fazer das suas.

E assim, o gerente de hotel continua, num ciclo eterno, a desempenhar o seu papel. Não é o trabalho que ele sonhou, mas é o trabalho que, de alguma forma, lhe dá propósito. E, no fundo, sabe que é isso que faz dele um verdadeiro herói da hotelaria – o único que consegue manter a sanidade enquanto navega no mar de insanidade que é o mundo dos hotéis.

# O Estagiário: A Alma Ingénua e Perdidamente Determinada da Hotelaria

Ah, o estagiário. Esse ser destemido e ao mesmo tempo absolutamente perdido, que se lança ao mundo da hotelaria sem saber bem o que está a fazer, mas com uma vontade desmedida de aprender – mesmo que não faça a mínima ideia do que, afinal, é suposto aprender. O estagiário é a verdadeira alma do hotel, aquele toque genuíno e, sobretudo, involuntariamente cómico, que torna qualquer estadia mais... interessante. E, às vezes, profundamente confusa.

É importante entender o fenómeno do estagiário antes de começar a rir do seu eterno ar desnorteado. Afinal, ele foi lançado no lobby do hotel como quem é deixado numa ilha deserta. Entregaram-lhe um crachá com o nome, umas instruções vagas, e lançaram-no na linha da frente. É uma figura trágica, uma vítima do destino, com uma paixão pela "excelência no atendimento" que, a cada momento, se choca com a dura realidade da sua própria falta de experiência. O estagiário quer agradar, quer ser útil, quer fazer parte de algo maior. Mas, ao fim do dia, o máximo que conseguiu foi um cocktail morno quando lhe pediram um refresco e a certeza de que misturou as chaves dos quartos.

Imaginem a cena: acabaste de chegar ao hotel depois de uma viagem extenuante, sonhas com um banho quente e uma cama macia, e quem te recebe? O estagiário, claro. Com o seu sorriso nervoso e a sua postura ligeiramente desajeitada, ele segura nas tuas malas como quem carrega uma bomba-relógio, e indica-te o caminho do quarto, mais ou menos. O estagiário nunca tem a certeza absoluta de nada – aliás, ele tem medo da certeza, desconfia dela. A última vez que teve a certeza de que o quarto 203 era no segundo andar, acabou no terceiro, à procura de uma porta que não existia. Então, agora, caminha com cautela, com uma hesitação que chega a ser enternecedora.

O primeiro contacto entre o estagiário e a realidade cruel da hotelaria acontece, quase sempre, na forma de chaves de quartos. Porque, na sua ingenuidade, o estagiário acredita que o número no cartão magnético é uma espécie de código secreto que ele ainda não conseguiu decifrar. E isso complica tudo. O estagiário vê a chave do quarto 203 e começa a ponderar: "Será que o 203 está mesmo no segundo andar? E se, por algum truque do destino, o 203 for o quarto com vista para a piscina no terceiro piso?" Então, entrega-te a chave, confiante, mas com um brilho nos olhos de quem está a arriscar a vida. E tu, cansado e desconfiado, olhas para o cartão e percebes que aquilo não tem nada a ver com o que esperavas.

Mas o estagiário não te deixa sozinho na tua frustração. Não, não seria o nosso estagiário se te abandonasse no meio da tua confusão. Ele vai contigo, nervoso e animado, até ao quarto. E depois – ah, o momento mágico – quando tentas abrir a porta e percebes que, na realidade, a chave é para o quarto 304, o estagiário solta um "Ups!" que é tão sincero que te faz pensar que tudo isto, na verdade, não passa de um mal-entendido adorável. Claro, tu estás furioso, mas, ao mesmo tempo, tens de admitir que o rapaz tentou. E quem não aprecia alguém que está, verdadeiramente, a tentar?

Há uma frase que o estagiário domina como ninguém: "Vou já verificar isso!" Se é algo que ele sabe fazer bem, é transmitir confiança numa solução que ele ainda não faz a mínima ideia de como encontrar. E aqui reside a magia do estagiário. Ao contrário do gerente, que sabe (ou finge saber) resolver qualquer crise, o estagiário é pura e simplesmente honesto. Ele quer resolver o teu problema, quer dar-te a melhor experiência possível, mas está tão perdido que a única coisa que pode fazer é desaparecer por um corredor qualquer, na esperança de que, pelo caminho, alguém com mais autoridade se cruze com ele e lhe dê a resposta.

Imagina esta situação: pediste uma recomendação para jantar, uma sugestão de um restaurante perto do hotel, e o estagiário, com a sua energia vibrante e aquele brilho nos olhos de quem quer mesmo impressionar, responde, com a convicção de um vendedor de enciclopédias: "Vou já verificar isso!" Depois, vira-se, com passos ligeiros, desaparece no corredor, e ficas ali, a perguntar-te se alguma vez o voltarás a ver. Porque, na verdade, o estagiário não sabe onde fica o restaurante mais próximo. Ele não faz a mínima ideia. A última vez que viu um restaurante foi na esquina de casa, a 50 quilómetros dali. Mas ele vai procurar! Ah, se vai. Porque o estagiário vive para a esperança de que, se andar o suficiente pelo hotel, encontrará alguém que o ajude.

E lá está ele, finalmente, depois de uma eternidade, com um sorriso envergonhado e uma resposta vaga. E tu, que já nem tens fome, olhas para ele e percebes que, se há alguém que se esforçou, foi este pobre estagiário. Ele não soube responder, mas fez o melhor que pôde, e isso, meus amigos, é de louvar. Afinal, o que mais queremos nós? Entre a certeza arrogante e a tentativa sincera, quem não prefere o segundo?

Um dos momentos altos da jornada do estagiário é, sem dúvida, quando ele decide fazer algo para impressionar os hóspedes e, na sua inocência, acaba a fazer exatamente o oposto. Por exemplo, quando lhe pedem um cocktail no bar, e ele, de coração cheio, mete mãos à obra. Claro que, para o estagiário, misturar bebidas é como uma experiência científica: ele não faz ideia de qual é o ingrediente principal, mas tem um instinto que lhe diz para experimentar.

O resultado? Um copo de água morna com uma rodela de limão, que ele apresenta como se fosse uma verdadeira obra de arte. O hóspede olha para o copo, espantado, e o estagiário, orgulhoso, espera pelo elogio. Porque, para ele, a intenção é o que conta. E se há algo que o estagiário tem em abundância, é intenção. Não importa se o cocktail parece mais uma infusão medicinal; ele quer mesmo impressionar.

Claro que o hóspede nunca pediria outra bebida ao estagiário, mas, em troca, ganha uma história para contar. E, no fundo, não é isso que queremos todos? Uma experiência única, uma situação engraçada para recordar? Nesse sentido, o estagiário oferece um valor inestimável ao hotel. Ele proporciona, de forma involuntária, aqueles momentos inesquecíveis que fazem de qualquer viagem uma verdadeira aventura.

Um dos maiores desafios do estagiário, e talvez o que mais o define como o adorável desajustado que é, é a pergunta fatídica: "Onde fica a casa de banho?" Porque, vamos ser sinceros, no caos da hotelaria, ninguém se lembrou de ensinar o estagiário a localizar coisas básicas como a casa de banho. E ele, com um brilho nervoso no olhar, diz algo vago como "Acho que é por ali...", apontando para um corredor que, na realidade, leva diretamente ao depósito de produtos de limpeza.

Este momento, meus amigos, é a essência do estagiário. Ele não sabe, mas está a tentar. Ele quer ajudar, quer impressionar, quer tornar-se útil. E há algo de verdadeiramente humano nisso. Porque todos nós já fomos, em algum momento, estagiários. Todos nós já tentámos fingir que sabíamos o que estávamos a fazer, quando, na verdade, estávamos perdidos. E o estagiário, com a sua genuína tentativa de ser útil, acaba por ser um espelho de todos nós.

Quando o estagiário termina o seu turno, carrega o peso de todas as suas pequenas falhas – o cocktail mal feito, a chave errada, o restaurante que nunca encontrou – mas há uma luz nos seus olhos que diz que ele, no fundo, se orgulha de ter tentado. E isso, meus amigos, é o que o torna um verdadeiro herói trágico.

Porque, na hotelaria, onde todos tentam fingir que têm tudo sob controle, o estagiário é o único que ainda mantém um toque de autenticidade, que tenta e falha, mas que nunca perde a vontade de aprender. Ele é, no fundo, a alma daquele hotel, a faísca de ingenuidade que torna qualquer experiência mais rica. E, apesar de todos os seus erros, ele conquista os nossos corações.

# Conclusão: Check-out da Hotelaria e outras Lições de Vida Surpreendentemente Inúteis

E cá estamos, caro leitor, chegámos ao fim desta viagem pelo fascinante, exasperante e ocasionalmente tragicómico mundo dos hotéis. Passeámos juntos pelo lobby da insanidade dos rececionistas, embrenhámo-nos nos corredores de queixas dos hóspedes insatisfeitos, e até espreitámos, com um misto de fascínio e repulsa, o feed de Instagram dos influenciadores em plena maratona fotográfica. E agora, o que levamos desta estadia?

Devo dizer que esta leitura tem algo de um check-out tardio, aquele momento em que te encostas na cama e ponderas se vale a pena pagar mais uma noite só para adiar o regresso ao mundo real. Porque, afinal, um hotel, como a vida, é um grande jogo de ilusões. Vejamos, por exemplo, o nosso glorioso rececionista: o homem (ou mulher, claro) que todos os dias renova o sorriso e te acolhe com um entusiasmo mais falso do que um voucher de pequeno-almoço grátis. Ele é a primeira linha de defesa do hotel, e o seu sorriso é a primeira mentira que nos contam: "Aqui, caro hóspede, está tudo sob controlo." Mas, como bem sabemos, a realidade da receção está tão "sob controlo" quanto uma reunião de família num casamento: é preciso sorrir, agradar a todos e fingir que se está a divertir, quando, na verdade, já se pensa é na hora de saída.

Mas o rececionista não é a única alma perdida no mundo da hotelaria. Ah, o hóspede insatisfeito, essa pérola da humanidade, essa criatura que faz da sua vida uma cruzada contra as injustiças do ar condicionado demasiado frio e das almofadas demasiado quentes. E que dizer dos influencers, que vivem para transformar cada canto do hotel numa sessão fotográfica de si próprios? Estes são os peregrinos modernos da beleza artificial, pessoas que se levantam para um amanhecer fabricado e vivem eternamente num por do sol filtrado.

Este desfile de personagens lembra-nos, leitor, que a hotelaria é uma espécie de microcosmo da sociedade. Há os ricos, os pobres, os que se esforçam demasiado e os que simplesmente se perdem pelo caminho, como o nosso mochileiro, cujo único sonho é fugir das etiquetas de "cliente" e "serviço" – ao passo que carrega uma mochila que, se calhar, tem mais vida e história do que muitos de nós. É uma dança de ritmos, um desfile de desejos e falhanços. E depois há o hóspede aristocrata, que pensa que o seu cartão de crédito é a chave para o respeito. Este é o indivíduo que usa o champô como um perfume caro, a toalha como se fosse uma relíquia. Mas o hotel, claro, é o grande nivelador. Não importa se és o hóspede aristocrata ou o mochileiro, todos acabam à mesma porta da casa de banho do lobby, a mesma onde o papel higiénico acaba e não há mais quem te vá servir.

E que dizer do casal em lua de mel? Ah, o amor no seu estado puro, capturado entre paredes finas e portas rangentes. Este casal é um estudo sobre as realidades do romance, sobre a exaustão de fingir que ainda se está apaixonado depois de horas de check-ins e espera de bagagem. O hotel é, para este casal, um palco onde se desempenha a peça final do namoro.

O grande protagonista, no entanto, é o chef. Esse alquimista que transforma comida em arte... e a arte em algo ligeiramente incompreensível. Para ele, o bacalhau nunca é apenas bacalhau; é "bacalhau numa cama de sensações". E nós, os hóspedes, não somos simples comensais – somos as vítimas do seu ego culinário.

E não podia deixar de mencionar a heroína silenciosa, a empregada de limpeza, a verdadeira super-heroína do hotel. Enquanto todos nós gozamos as férias, ela entra em ação, enfrentando tudo o que deixamos para trás. E fá-lo em silêncio, porque ninguém a ouve, ninguém a vê, e ainda menos lhe dão o valor que merece.

Então, o que nos resta, caro leitor? Que lição tiramos deste estudo sobre a humanidade em roupões de banho? Talvez que a vida é uma espécie de check-in onde nunca se sabe se vamos acabar num quarto com vista para o mar ou para a parede do prédio ao lado. Que tudo é uma questão de perspetiva – e de humor.

Aqui, enquanto lemos sobre o estagiário que tenta e falha, sobre o porteiro-detetive que sabe tudo e mais alguma coisa, e sobre o gerente que pensa que tem tudo sob controlo, percebemos que a hotelaria é, no fundo, a metáfora perfeita para a nossa luta diária: somos todos hóspedes e funcionários, todos tentamos agradar e sobreviver, todos tentamos dormir um pouco mais e acordar para mais uma luta.

E, no final, o que fica? Fica a sensação de que, tal como o hotel, a vida é uma sequência de momentos breves, alguns felizes, outros desastrosos, mas todos eles, de alguma forma, memoráveis. E essa é a grande lição, o último sorriso do rececionista antes de sairmos porta fora, para o nosso verdadeiro hotel – a vida.

# Don't miss out!

Visit the website below and you can sign up to receive emails whenever Bruno Guerra publishes a new book. There's no charge and no obligation.

https://books2read.com/r/B-A-HMFAB-LDEEF

BOOKS 2 READ

Connecting independent readers to independent writers.

# Also by Bruno Guerra

Pretextos para Escrever
Fragmentos de Sonhos e Silêncios
Memórias de Outonos Dourados
Memories of Golden Autumns
Versos de Um Coração Vagabundo
Mistérios e Sombras: Enigmas Não Resolvidos
Pretexts for Writing
À Procura da Verdade: Os Mistérios dos Crimes Não Resolvidos
Amores e Desamores
Hotel Confusão: Uma Suite de Personagens e Outras Tragédias com Pequeno-Almoço Incluído

# **About the Author**

O autor é casado e pai. Com uma licenciatura em Turismo, nutre uma fascinação profunda pela História, pelas Religiões e pelo Paranormal. Encontrou na escrita o seu modo de vida predileto, onde cada palavra é uma viagem, cada frase, um universo novo.